HINT

HINT

大阪圭吉——著
楊明綺——譯

HINT 3

瘋狂機關車

有如日本的福爾摩斯探案，大阪圭吉的本格推理偵探短篇集

導讀

一閃即逝的奇蹟作家

◎林斯諺
台灣推理作家協會成員，迄今出版推理小說十二本，近作為《床鬼》。
現為東吳大學哲學系助理教授，研究領域為美學與藝術哲學。

大阪圭吉（一九一二—一九四五），本名鈴木福太郎，是日本偵探推理小說史上早期的代表性人物。一九三二年受到前輩推理作家甲賀三郎推薦，年僅二十歲的大阪圭吉在推理雜誌《新青年》發表〈百貨公司的絞刑官〉，之後陸續於《新青年》發表許多短篇作品。大阪圭吉於一九四三年被徵召而赴戰場，一九四五年病逝於呂宋島，只活了三十三年，屬於曇花一現的作家，但至今仍備受推崇，已故推理作家鮎川哲也盛讚大阪圭吉為「日本戰前本格推理第一人」，並認為〈葬禮機關車頭〉是日本推理史上短篇本格推理的前十強。〈葬禮機關車頭〉連同其他十一篇作品（包括本書收錄的〈百貨公司的絞刑官〉以及〈石牆幽靈〉）於二〇一七年集結成英文版選集《銀座幽靈》（*The Ginza Ghost*），出版後獲得美國《出版人週刊》（*Publishers Weekly*）的盛讚，認為大阪圭吉的故事氣氛一流，擅長營造不可思議的狀況，能夠吸引讀者的注意力。

大阪圭吉是本格派推理小說的健將。所謂「本格」，在日文中指的是「正統」或「傳統」。這類推理小說強調解謎鬥智的趣味，認為這種趣味是推理小說的核心。這種智性的「燒腦」樂趣，正是推理小說之父艾德格・愛倫・坡（Edgar Allan Poe, 一八〇九－一八四九）所創下的典範，也是英美推理小說黃金時期（大約是兩次世界大戰之間）盛行的創作模式。本格推理小說將智性元素視為首要，必要時其他元素可以犧牲（但要注意的是，多數本格推理作家並未主張其他元素不重要，或是其他元素與智性元素必定有衝突）。然而，當代的推理小說已經不把解謎成分視為是最重要的部分，甚至不把解謎成分視為是必要條件。當代作品更重視心理描寫、角色塑造、社會批判與故事格局的拓展，解謎元素往往只是配料。

即便如此，智性成分始終是推理小說中相當吸引人的面向，而這個面向在短篇故事中更容易得到聚焦與發揮。早期的推理小說發展也是奠基在短篇創作，例如愛倫・坡或柯南・道爾（Arthur Conan Doyle，一八五九－一九三〇）的福爾摩斯探案。

在日本方面，雜誌刊登的管道也促使短篇推理蓬勃發展。日本推理小說之父江戶川亂步便是從《新青年》開始發表推理創作。活躍於同一年代的大阪圭吉正是短篇本格推理小說的佼佼者，不但將智性樂趣發揮到淋漓盡致，也注重氛圍營造與細節描寫，作品獨樹一幟，內涵豐富。

本選集收錄七部大阪圭吉的短篇作品，區分為兩個系列。首先是青山喬介系列，這包括〈傀儡審判〉、〈船工殺人事件〉、〈百貨公司的絞刑官〉、〈石牆幽靈〉、〈瘋狂機關車〉。另外還有東屋三郎系列，包括〈靜止不動的鯨群〉以及〈死亡遊艇〉。

當代推理小說強調寫實感，破案角色往往為法醫、檢察官、刑警或律師這類專業人員。然而，本格推理小說的一大特色就是破案角色為「名偵探」，通常是業餘偵探，具備天才的破案天賦。本選集中的兩位偵探完全符合上述特色。根據〈百貨公司的絞刑官〉中的敘述，青山喬介曾是電影導演，後來成為自由研究者，具備淵博學識與敏銳的洞察力。東屋三郎則是水產試驗所所長，思考能力異於常人。上述兩人都是業餘偵探，也都具備天才般的破案能力。本格推理小說中的名偵探通常會搭配一個助手角色，不管是青山系列還是東屋系列的故事中都有一個「我」（並非出現在每篇故事），猶如福爾摩斯探案中的華生，除了擔任敘述故事的角色，也從旁提供偵探協助。

本選集的七部短篇各具特色，東屋探案的〈靜止不動的鯨群〉以及〈死亡遊艇〉是成就最高的兩部作品。以下就七篇作品做簡單評介。

〈傀儡審判〉是最具奇妙犯罪之趣味的一篇。閱讀推理小說的一大樂趣就在於觀看作家如何設想出新型態的犯罪。一般小說中常見的犯罪不外乎殺人盜竊，因此重點在於找出「誰幹的」（whodunit）。然而本篇的謎團卻在於，同一個人為何會以證人的身分出現在不同案件的法庭審判。謎團背後巧妙的犯罪方式讓人耳目一新，這種令人摸不著頭緒的奇妙犯罪令人聯想到福爾摩斯探案的〈紅髮俱樂部〉（The Red — Headed League）。本篇另一亮點是以法庭為背景，並以法警為第一人稱敘事者。一般而言，以想像力、創造力為本的本格推理小說較少會結合寫實色彩較為強烈法庭元素。持平而論，本篇的確是全書最不本格的一篇。

〈船工殺人事件〉是推理小說中非常標準的謀殺案謎團。兩名船工失蹤，其中一名的屍體被找到，於是青山喬介深入造船廠展開調查。本篇具備本格推理小說典型的抽絲剝繭過程，青山喬介根據現場的線索進行環環相扣的推理，進而找出真兇。本篇的推理設計中規中矩，但取材十分特殊，以一般人較不熟悉的造船廠為背景，解謎的部分也運用了船舶方面的相關知識，是以題材取勝的作品。

〈百貨公司的絞刑官〉是名偵探青山喬介初登板之作。百貨公司旁發現墜樓屍體，疑似他殺，青山喬介前往現場進行調查。以百貨公司為場景的作品，最經典的大概是艾勒里・昆恩的《法蘭西白粉的祕密》（*The French Powder Mystery*）。大阪圭吉繼承昆恩嚴謹的解謎邏輯，鋪陳出一個引人入勝的謎團。本篇乍看之下是正統的 whodunit，然而真相極具意外性與原創性。更難能可貴的是最終解答與百貨公司的場景設定有密切相關，顯示出作者活用了謀殺場地的獨特性。做為大阪圭吉第一篇正式發表的作品，本作有高度的創意。

〈石牆幽靈〉處理的是光天化日下大宅邸的謀殺案。警方循著目擊證人的證詞逮捕嫌犯，然而證人事後卻發現自己看見不可能看見的東西。這是本書中唯一一篇出現「不可能性」（impossibility）的作品。本格推理小說中常見所謂的「不可能犯罪」（impossible crime），意即犯罪乍看之下在違反物理條件的情況下發生，猶如魔術一般，最常見的例子就是密室殺人（locked room murder）。偵探如何「解釋奇蹟」就成為這類作品最大賣點。本作利用科學原理來解釋幽靈般的「幻視」，完全符合本格推理小說服膺科學的精神。光天化日乍見幽靈也讓本篇的詭異氛圍更加突出，是本選集氣氛較強烈的作品。

〈瘋狂機關車〉是大阪圭吉的代表作之一。大阪圭吉本人是鐵道迷，因此作品中常出現鐵道相關題材。故事始於鐵路員工被殺，牽扯出錯綜複雜的案情。青山喬介在雪地中沿著鐵路展開調查，場景設計具備高度可看性。全篇充分利用鐵路相關知識，設計出精巧複雜的謎團，一氣呵成，可謂本書所選青山系列中最本格的作品，也是最精彩的一篇。前述提到的〈葬禮機關車〉是另一篇以鐵道為題材的經典之作，卻展現出截然不同的風格，可互相參照閱讀。

〈靜止不動的鯨群〉開頭便十分吸引人：一艘本已沉沒的捕鯨船，其中一名船員竟然歷劫歸來，卻馬上慘遭殺害，這究竟是怎麼回事？如同〈船工殺人事件〉，本篇以船舶、海洋為題材，卻走得更深更遠。可能是因為主角偵探為水產試驗所所長，更能將此類題材發揮得淋漓盡致。本篇不論是推理設計、犯罪手法還有意外性都在水準之上。更值得注意的是，故事的格局是全書最遼闊。篇末東屋三郎與海警署為追查真相，駕船駛入北太平洋，目睹鯨群的壯觀場面以及追捕兇手的動作場面都讓本作充滿可讀性，猶如當代犯罪電影。本篇也是全書明顯融合本格與社會兩大派別的推理作品。所謂社會派推理小說指的是透過推理小說的形式來揭露、探討或剖析社會問題，松本清張是代表人物。雖然大阪圭吉活躍的年代在日本社會派推理創建之前，本篇在犯罪與人性層面的書寫都已經充滿濃烈的社會關懷。

〈死亡遊艇〉改寫自大阪圭吉自己的〈白鮫號殺人事件〉，與〈靜止不動的鯨群〉同樣是活用海洋相關知識的作品。東屋三郎來到靜謐的海岬別墅調查船長被殺的事件，在警方到來之前逐步揭開真相。將場景侷限在鄉間住所是傳統英美推理小說常見的設定，稱為「鄉屋推理」（country house mystery）。然而，本篇牽涉到遊艇，場景延伸到海洋上，超越鄉屋的限制。本篇也十分強調謎團的趣味性，對於被害者死前的奇異舉動還有犯罪動機都有意料之外的解答。在推理邏輯方面，本篇可說是全書最富思考趣味的一篇，主要是因為作者導入了反覆辯證的概念。論點之間的互相推翻，揭露出思考的死角，讓讀者在推理過程中掉入陷阱，令人拍案叫絕，充分展現出本格推理小說的燒腦樂趣。

以上七篇作品雖然不是大阪圭吉創作的全部，但體現了他創作的風格：取材獨特、活用專業知識、強調邏輯推理、展現想像與創意、理性與感性兼具。這些特色要鎔鑄於短篇本格推理之中，實屬不易。以作者的創作年代、創作年紀而言，大阪圭吉的出現的確是個奇蹟。即使今日閱讀，光芒仍舊不減，讓人愛不釋手，堪稱日本短篇推理小說的上選之作。

目次

輯二　水產試驗所所長·東屋三郎 系列

輯一

名偵探・青山喬介 系列

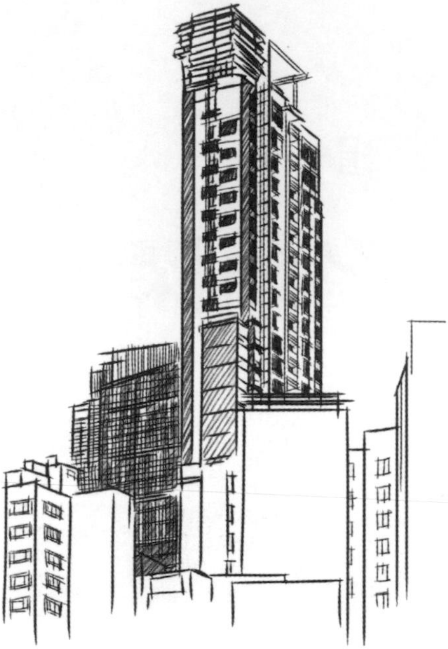

百貨公司的絞刑官

如果竊走首飾和殺害野口是同一人所為，為何首飾會遺留命案現場？如果首飾是死者偷走的話，殺人動機又為何？

百貨公司的絞刑官

記得是在某部德國片的電影試映會上認識青山喬介後兩個月的事。清晨五點半接到公司來電的我和喬介一起前往R百貨公司，採訪一大早有人跳樓自殺的新聞。

喬介是大我三屆的學長，曾是某電影公司大放異彩的導演，在電影界擁有一席之地；可惜因為無法迎合一般日本影迷的口味與電影公司營利至上的經營方針，毅然離開電影界的他成了自由研究者，過著平靜生活。勤奮又韌性十足的他有著手術刀般敏銳的感受性與豐富想像力，每每讓我驚艷不已。其實這樣的他也通曉科學領域，有著獨到的洞察力，以及能夠明確分析的淵博學識。

當初之所以想認識喬介，是因為他那驚人的學識肯定對我的工作有所助益，但隨著時間流逝，我的野心逐漸變成無限的驚嘆與敬慕。後來沒多久，我退了位於本鄉的租房，搬去與他比鄰而居。由此可知，青山喬介這男人對我來說，有著難以抵擋的魅力。

再過十分鐘，就是早上六點，我們抵達R百貨公司。案發現場位於百貨公司後面東北側的巷弄。柏油路面上有著早已凝固的血跡，附近商家店員與一早路過的行人無不仰望大樓樓頂，議論紛紛。

屍體暫放在採購部門的商品堆置處，檢警剛驗屍完畢。我那甫晉升警署檢調部門主任的堂兄瞧見我們，隨即上前招呼，並向我們說明這起事件並非自殺，而是絞殺凶案。被害人是這間百貨公司珠寶部門的收帳員，名叫野口達市，二十八歲的單身男子。警方於陳屍處附近發現摻有幾顆鑽石的昂貴珍珠首飾，這副首飾是前天被害人任職的珠寶專櫃遺失的兩件商品之一。此外，今天凌晨四點正在巡邏的員警發現屍體與首飾。最後，堂兄有點得意地補上一句，說這件案子由他承辦。聽完他的說明後，我們獲准上前瞧個仔細，目睹如罌粟花般的悽慘死狀。

頭蓋骨粉碎，臉部嚴重扭曲，凝結的紅黑色血跡成了可怕色彩。頸部可見粗暴勒痕，變成淺褐色的部分皮膚多處皮開肉綻，毛巾布料的睡衣衣領沾染少許血跡。為了方便驗屍而敞開的胸膛，斜亙著怪異的淺褐色蟹足腫，與腫痕平行的一根肋骨斷裂，全身各處——兩隻手掌、肩、下顎、手肘等外露部位有無數道擦傷，睡衣也有兩、三處裂開。

我記下這般悽慘死狀時，喬介大膽地碰觸屍體，仔細檢查手掌與其他各處擦傷，還有脖子上的勒痕。

「已經死了幾個小時？」

喬介起身，問一旁的法醫。

「六、七個小時了。」

「也就是說，是在昨晚十點到十一點之間遇害囉。那麼，大概何時被扔下來呢？」

「依殘留在地面上的血跡、頭部血跡的凝固狀況研判，應該是凌晨三點之前。至少一直到午夜十二點，這條巷子還有行人往來，所以應該是在午夜十二點到凌晨三點之間遇害。」

「我也是這麼想。被害人為什麼會穿著睡衣？他當晚值班？」

面對喬介的提問，法醫並未回應。倒是接受過偵訊，身穿睡衣的六位店員中有個人代為回應：

「野口昨晚值班。各賣場人員輪流值班是我們這家公司特有的規定，也是多年依循的習慣。昨晚輪到野口、我、還有站在那裡的五個人，一共是七個人，還有三位清潔人員，所以有十個人值班。因為我們睡在一同間寢室，彼此多少認識。問我昨晚的情形？如您所知，百貨公司通常營業至晚上九點，打烊到收拾好至少要四十分鐘。昨晚我們各自鎖好門戶後，熄燈就寢時已經快十點。野口換上睡衣後，好像又出去的樣子，大概去如廁吧。也就沒多留意。後來，直到凌晨四點被警察叫醒，我一直睡得很熟。嗯……清潔人員是在一樓，我們的值班室是在三樓最裡面。從六樓通往屋頂的那扇門嗎？並沒有上鎖。」

值班店員陳述完後，喬介問其他八位值班人員，是否還有其他事情要補充，但無人回應；只有童裝部門的值班人員表示自己昨晚因為牙痛，直到凌晨一點還無法入睡，其間完全沒注意到野口不在床上，也沒聽到任何怪聲。

接著是珠寶飾品部主任一邊用手帕拭去鼻頭頻冒的汗珠，一邊回答喬介的詢問：

「我剛才接獲消息，嚇得趕過來。野口人很好，發生這種事真的很遺憾，他不是那種會跟別人結怨的人，珠寶飾品被盜？我認為絕對與野口無關，飾品是前天打烊時失竊的，有兩件商品被盜，一共價值二萬日圓。從當時情況研判，我認為應該是喬裝客人的竊賊下的手。珠寶首飾部門的同仁就不用說了。全體員工都經過搜身檢查，整棟大樓更是由上至下仔細搜索，這兩天真的是一團亂啊！現在又發生這種事，真是匪夷所思。」

主任陳述完時，運屍車恰巧抵達，三名清潔人員有些害怕似的抬起屍體，腳步踉蹌地將遺體搬出去。喬介一臉不忍地凝望著，然後回頭，拍拍我的肩膀，說了句：

「走吧。去屋頂吧。」

營業時間即將開始，各賣場的店員與專櫃人員各就各位，有人忙著折妥蓋在商品上的白布，有人忙著將商品上架，站在手扶梯上的我們望著這光景，不一會兒便來到屋頂。鬱悶心情剎時煙消雲散，我遠眺晴朗的初秋街景，反覆深呼吸。

喬介走向應該是被害人野口被拋下樓的東北側角落，彎腰仔細觀察貼著地磚的地板，然後伸手探進鐵欄杆圍起來的三尺寬花圃，扒了扒灌木根部的土壤。我則出神地望著工作人員餵食老虎，以及在東側露臺上修補裝飾氣球的男人。喬介隨即一臉複雜地看著我，靜靜開口：

「看別人餵老虎都看得出神了。要不我們也過去餵餵？這案子挺有趣呢！」

喬介不待我回應，便往前走。我心想：看來他管定這事了。按耐不住好奇心的我跟著他下到六樓，我走進電話室，基於職責先打電話回報大致情況，然後拉著喬介前往餐廳。

早餐時間的餐廳十分空蕩安靜，只有靠窗的一張桌子坐著檢調主任和部屬，大口咬著厚厚的三明治。他一見到我們，立刻起身招呼我們同桌用餐，我們也爽快入座。女服務生過來幫我們點餐時，望著華麗鐵窗的喬介問她是否每一樓皆有裝設鐵窗。

我們開始用餐。啜著熱紅茶的檢調主任說道：

「這案子雖然複雜，但沒那麼難以解決。我是奉行實地驗證主義者，所以據我的推測，凶案於昨晚十點到十一點之間發生；然後兇手於今早凌晨零時至三點將屍體拋下樓。無論是從時間點，還是門窗緊鎖，無法從外頭侵入這點來推斷，兇手明顯是百貨公司內部人員。

我只向你們透露，我已徹查昨晚的所有值班人員，但有個比較棘手的問題，那就是遭竊的首飾。如果竊走首飾和殺害野口是同一人所為，為何首飾會遺留命案現場？如果首飾是死者偷走的話，殺人動機又為何？為了解決這些問題，必須先驗出首飾上的指紋。我先走了。兩位慢用——」

檢調主任表明先行離去後，隨即和部屬步出餐廳。

一直默默用餐的喬介嘴角浮現一抹微笑，說道：

「那個人是你的堂兄吧。日本警察總是以找出犯罪動機為首要目標，其實這麼做通常只能觸及表象，要是像這次這種動機不明的犯罪事件，那麼做只會複雜化整起案子罷了。當然，找出動機是一個方向，但要是以動機作為偵察犯罪的唯一線索，就會讓我想反駁如此單純、制式的想法了。其實關於這案子，我認為重點不在於失竊的首飾，而是屍體的三大特徵；第一，成為致命傷的頸部與胸部勒痕，起初我以為是鞭子之類的凶器所致——這樣的手法的確非常兇殘。第二，死者的手掌留下許多無數奇怪的橫向擦傷，也有幾條縱向傷痕。第三，肩、下巴、手肘等外露的身體部位也有無數輕微擦傷，就是這三大特徵囉。

先分析第一個特徵吧。我推測兇手若不是有好幾人，就是力氣很大。再者，第二個特徵，也就是掌心的擦傷明確暗示被害人似乎是握著什麼而擦傷所致。再來是第三個特徵，也就是身體多處輕微擦傷。這些輕微卻粗糙的傷痕，明顯不是刀子或金屬器物，而是鈍器所致，也暗示掌中傷痕用的是同一種或是同類型凶器。關於這一點，之所以會造成這樣的傷痕，嚴格說來，應該是兇手與死者激烈搏鬥時，隨手拿起周邊的東西作為凶器，或是早已帶在身上；不過，我認為後者的可能性比較大，怎麼說呢？因為行兇力道雖然有強弱之分，但這些擦傷和頸部、胸部的勒痕有著共通點。你回想一下死者那變成淺褐色的擦傷，還有滲血的頸部，依據這些粗淺的觀察與推理，就頸部沒有留下勒痕，以皮膚的破皮狀況來看，不難聯想到這和第二、第三種擦傷是同一種凶器所致。

我總結觀察屍體時發現的種種狀況，歸納出結論，那就是兇手使用同一種凶器行兇，留下這三種傷口。因此，死者身上的幾處擦傷不是搏鬥過程中遭外物所致，而是遭兇手用蛇一般的凶器不斷襲擊；但推敲過程中讓我最感興趣的是死者掌中的詭異擦傷，可別跟我說，死人還會走鋼索哦！」

既然無數擦傷乃打鬥時造成，那麼究竟是在哪裡搏鬥呢？又是在哪裡犯下這起凶案？當然，如果在室外留下那麼多他殺痕跡，還刻意將屍體搬上屋頂，裝作墜樓慘死，怎麼樣都說不通；何況門窗都緊鎖著，所以是在百貨公司內行兇囉？

為了確立這個可能性，我必須舉證被害人與兇手搏鬥，而且直到遇害都沒求助過的驚人事實，亦即行兇的最後地點是在屋頂。這種推論方式確實很普通，警方應該也覺得吧。即便如此，在我判定之前至少明確排除了一兩個問題。好比我從被害人的致命勒痕，推論兇手若非好幾人，就是力大無窮的傢伙；但「兇手有好幾人」這一點顯然在我的推論無法成立，畢竟照那樣的輪班方式，不可能共謀殺人，所以兇手就是力氣非常大的傢伙了。這個人會是誰呢？」

「看來這案子頗複雜啊！」

入神聽著喬介說明的我難掩興奮之情。喬介點了根菸，深吸一口，眼神閃亮地繼續說：

「複雜？不會喔。很簡單呢！我記得福爾摩斯說過這麼一句話：『排除所有否定，剩下的就是肯定。』如何？命案現場就在屋頂。不過，有一點要注意，那就是花圃沒有留下任何腳印。還有，力大無窮的兇手用的是能在死者掌中留下奇怪擦傷的凶器。我們以這些線索為底，進行最後調查吧。走吧！先去買把放大鏡，再上去一次屋頂。」

我們起身，步出餐廳。不知何時進來的用餐人潮讓餐廳回復平常的喧鬧。走在走廊的往來人群中，隱約能聽見樓下樂器專櫃傳來的明朗爵士樂聲。

我們在四樓的眼鏡專櫃買了一把中型大小的放大鏡，走過熙來攘往的人潮，再次登上屋頂。可能是因為發生凶案的關係吧。禁止一般外人出入屋頂，只有幾名相關人員好奇地打量著我們。

只見喬介眉頭深鎖，偏著頭，眼神銳利地仔細檢視屋頂各處。過了一會兒才催促我，一起走到被認為屍體應該是從這裡被拋下樓的東北側角落。喬介拿著放大鏡，比先前更仔細地調查鐵欄杆與花圃；但他只檢視了一會兒，便走開了。像在思索什麼似的低聲喃喃自語，走向西側的老虎籠。喬介凝望正在午睡的公虎，陷入沉思，隨即又眼神發亮的瞅著無垠晴空，隨即大步走向東側露臺。

露臺上有顆灰色大型廣告氣球，以奇怪的姿態飄揚著，緩緩升向明朗青空。我不由得深吸一口氣。

令我詫異的是，喬介攔住負責升起氣球的男子，冷冷問道：

「你今天早上幾點來這裡？」

「因為昨晚天候不太好，所以我有點擔心，今早比平常稍微早一點，六點半就上工了。」

男人邊反轉捲線器，親切回道。

「意思是，你今天六點半就在露臺這裡？」

「不是的，六點半是我到公司的時間，後來我聽說有人墜樓，也看到屍體，上來這裡時已經七點。」
「當時露臺上有什麼不對勁的地方嗎？」
「這我倒是沒注意……對了，吹氣管被亂扔就是了。所以氣球的浮力降低不少，沒辦法升很高。不過天氣不好過後常會這樣。」
「廣告氣球晚上也是飄在半空中嗎？」
「不會，通常都會降下來，繫好。但有時也會沒注意氣候惡劣，忘了降下來。」
「你說浮力降低不少的意思是……」
「氣囊破了個洞，明明一個月前才修補過——」
「哦？所以你剛才是在修補破洞囉。對了，這顆氣球的浮力大概多少？」
「標準氣壓下，六百公斤就夠了。」
「六百公斤算是相當有分量呢！打擾你了。謝謝。」
喬介問完話，仔細瞧著繫在氣球繩子上的廣告標語。
正當氣球完全升空時，檢調主任也來到屋頂。

「唷，大家都來這裡喘口氣嗎？對了。首飾上頭果然留著被害者野口的指紋。你們看，驗得一清二楚呢！」

這麼說的檢調主任拿著閃耀七彩光輝的美麗首飾在我們面前晃啊晃的。原來如此，如此大顆的珍珠串上頭留著兩枚清楚的指紋。

「是喔。太好了。」喬介微笑。「對了，方便借一下那個混了水銀與白粉的粉末嗎？」

喬介從怔住的檢調主任手中接過檢測工具後，走向捲線器，俐落的將灰色粉末撒在搖桿上，再用駱駝毛做的刷子輕輕刷掉。

「啊！我總算想起來了。今早我把氣球放下來，準備修補時，發現氮氣灌注口的氣閥開著。」

一直略有所思的男子突然這麼說。

「氣閥開著？」

喬介一臉詫異地反問，隨即又陷入沉思。

「哦，這可是個非常有力的證據。」

喃喃自語的他再次用放大鏡仔細檢查搖桿表面，然後問負責廣告氣球的男子：

「你今早沒戴手套就碰觸搖桿吧？」

「嗯，因為急著將氣球降下來修補——」

於是，喬介向檢調主任借了那條首飾，比較留在搖桿上的指紋與首飾上的指紋。屈膝站在喬介身旁的我也仔細比較著，發現兩處的指紋截然不同。

「你應該也注意到了吧？你看，這個搖桿上除了那個人的指紋之外，沒看到首飾上的指紋，也就是被害者的指紋，這樣就足以說明一切了。好了，麻煩你把廣告氣球慢慢降下來。」

雖然聽到喬介這麼說的男子瞬間露出一絲疑惑神色，但他馬上戴起工作用手套，轉著捲線器的搖桿。

一英呎、二英呎……廣告氣球慢慢降下。

喬介用放大鏡仔細勘查捲入捲線器的繩子。不一會兒，當氣球已經下降了三十五、六英呎時，要求停止下降的喬介對檢調主任說：

「找到兇手了。」

喬介這句話讓我們錯愕不已，循著他指的方向看去，瞧見部分粗麻繩沾著些許紅黑色血跡。

「這是從死者頸部勒痕滲出來的血跡。好了，勘查完畢了。可以讓廣告氣球升空了。啊、等等。還是讓它降下來。我忘了一件事，讓我驗證一下自己的推敲是否有誤。」

負責升降氣球的男子怔怔地再次轉動搖桿。

情緒亢奮的檢調主任用力咬牙，不停看著靜靜降下的氣球與喬介的側臉，還有負責操控男子的一舉一動。

氣球終於完全降下來，當可愛的球體掠過我們頭頂時，喬介打開灌注口的氣閥，將手伸進去在氣囊底部探了一會兒後，掏出一件美麗首飾。

「你這個卑鄙傢伙！」

檢調主任正要撲向男子。

「等等，你搞錯對象了。兇手是這顆廣告氣球，你們看。」

喬介將灰色粉末撒在灌注口、氣閥與方才發現的首飾，然後用刷子一刷，三樣東西都顯現出好幾枚同樣的指紋。

「你們看，不是這個人的指紋吧？」

「嗯……的確是死者野口達市的指紋。」

檢調主任一副完全摸不著頭緒的模樣。喬介看向我，說道：

「麻煩你打電話給中央氣象局，問問昨晚東京一帶的氣候。」

我趕緊下到六樓打電話，記下天氣情況後返回屋頂。喬介接過我遞出的筆記本，說道：

「謝啦！七五三毫巴的低氣壓與西南強風嗎？嗯，這樣就行了。氣球可以升空了。好了，我要開始說明調查結果了。」

喬介望著緩緩升空的廣告氣球，點了根菸，靜靜開口：

「首先，我注意到兇手應該不是值班人員，而是個力氣很大的傢伙，而且要留意門窗均緊鎖這一點。第二，凶案現場應該就在屋頂，但我發現花圃、鐵欄杆、地磚都沒有留下任何痕跡。第三，兇手使用的唯一凶器是能夠伸縮，表面十分粗糙的東西，像是繩索之類的。第四，我認為犯罪動機並非什麼很關鍵性的一般認知，而且證明我的判斷無誤。於是，經過我嚴謹的判斷，運用想像力，進行不落俗套的全盤推理，推論出兇手就是氣球的繩索。為了求證我的推論沒錯，來到這露臺開始蒐集材料，將粗略的判定予以加工、整理。」

喬介停頓半晌，再次仰望氣球，提高聲調繼續說：

「也就是說，於前天晚上營業時間偷了兩件首飾的野口達市，當然知道會被嚴密搜身，也會搜查整棟建築物，於是他把首飾藏在最安全的地方，也就是氣球內側底部。」

喬介看著負責操控氣球的男子，說道：

「你不會晚上留下來看守氣球，對吧？於是，野口昨晚可能惦記著藏起來的首飾吧。所以當夜值班的他在就寢前十點左右登上屋頂，卻發現氣球的氣囊破了個洞，因為浮力降低而搖搖欲墜，非常驚訝，趕緊徒手拉繩讓氣球降下來。雖說浮力降低，但充斥氮氣的氣球還是具有六百公斤的浮力，所以繩子在他手掌上留下多條縱向傷痕。還有，灌注口的氣閥之所以開著，應該是他為了確認東西是否還在吧。當然在這起竊案風波尚未平息之前，還不能取出贓物。死者確認贓物還在後，便用管子開始灌氣。隨著氣愈充愈飽，氣球的浮力也升高；但死者卻在這時犯了個致命錯誤，那就是最初讓氣球降下來時，由於太過慌張，沒有使用捲線器，而是徒手操作。關於這個推測的反證就是除了今天早上急著降下氣球，沒戴手套就操作的工作人員的指紋外，並未驗出死者的指紋。

一邊用手按住灌注口與繩索，一邊灌氣的死者發現隨著氣球浮力升高，自己犯了沒用捲線器的這個錯誤。於是，驚慌不已的他急著將繩索掛在捲線器上，藉以牽制不斷上升的氣球。沒想到浮力升高的氣球卻脫離管子，在氣閥打開的狀況下毫不留情的越升越高。

死者依舊拚命牽制著，一邊小心自己不被拉著往上升，一邊用力握住繩索。無奈粗大繩索在他的手掌上留下無數傷痕，氣球還是不斷上升。就在連廣告標語也跟著升空時，死者犯下的致命錯誤讓他遭遇可怕後果，那就是在腳邊捲成一大團的繩索開始纏住慌張不已的死者。可想而知，他拚命掙扎，繩索卻在他的肩膀、下巴、手肘各處留下無數傷痕，連睡衣也被扯破。後來繩索纏住他的脖子與胸部，無法動彈的他就這樣被拉著升空。當氣球緩緩升到繩索已經完全拉緊的狀態時，死者沒了呼吸、肋骨斷掉，頸部被勒出血，就這樣成了名副其實的升天。」

喬介看著方才我遞給他的記事本，對我使了個眼色，說道：

「從凌晨兩點到兩點半，通過關東一帶的七五三毫巴低氣壓與西南強風，促使垂直上升的氣球朝東北方飄。破了個洞的氣球在低氣壓通過時浮力降低，繩索一鬆，屍體就這麼被甩落在百貨公司東北側的柏油路上；而且由於屍體甩落時震動，塞在氣囊底部的一件首飾就這樣從開著的氣閥循著灌注口噴出來。最後就如各位所知，被勒斃的屍體血液通常還會流動一段時間，所以被甩落地上的屍體過了幾個鐘頭後，頭部破裂傷口還是淌著鮮血——」

喬介說完，再次望向天空。

如夢似幻漂浮在九月蔚藍晴空的廣告氣球，有如這間百貨公司的奇妙絞刑官，被不時吹來的微風震得小腹微顫，東搖西晃。

傀儡審判

看來這兩人確實毫無瓜葛，「壺半」老闆娘是非常有力的證人，只能說這位窮學生上輩子積德，幫助過這位美人吧。

法院這地方就像世界的陰暗面吧。聚集各式各樣罪犯……我居然在這種地方當了二十年的法警，肯定不少人以為我聽聞許多有趣的事吧。殊不知一件工作做了二十年，不見得是件好事啊！當然，也不是全然無趣……怎麼說呢？要說是免疫嗎？對了，應該說是無感吧。所以現在看到那種聽到自己被宣判死刑，突然抓起律師的公事包、椅子之類的東西擲向審判長的血氣方剛囚犯，還有那種一點也不暴戾——這種傢伙往往一開始最教人傷神，只是像蠟燭般癱靠在我身上的囚犯，我也毫無感覺。只覺得自己有如搬運木材的工人，將一個個囚犯押送上開往市之谷的囚車——總之，我已經麻木了。所以啦，對我來說，離婚之類的民事訴訟遠比竊盜、殺人這些無聊刑事案件有趣多了。

不過，我接下來要聊的這起刑事案件絕不無聊。怎麼說呢？非常特別的一起案件，特別到就連早已免疫、無感的我至今仍舊無法忘懷的重大案件。

最先的事件是——我任職於芝神明的生姜市那時，記得是九月之前發生的吧。刑事部門的二號法庭正在審理一樁常見的竊盜案，被告是受僱於神田某家洗衣店，名叫山田什麼的年輕送貨員，是個還在就讀夜校的窮學生。

這起事件……我已經忘了確切日期，記得是天氣還很炎熱的七月天……日本橋北島町的一家當鋪遭竊，當鋪老闆姓坂本，家中除了夫婦倆之外，還有兩、三個上大學的孩子。適逢暑假，孩子們去海水浴場，加上出事當天中午，女主人帶著女傭前往百貨公司購物，所以家裡只有男主人獨自看家。這家店表面上是經營當鋪，其實暗地裡放高利貸，所以為求安全起見，大門都會上鎖。當時坂本坐在客廳看書，打發時間；但三點時聽到鐘響的他忍不住打盹，後來外出購物的女主人與女傭於三點二十分返家，亦即這二十分鐘之間，坂本在夢周公。女主人只好從沒上鎖的廚房後門進屋，赫然發現從廚房的木地板一直到起居室的榻榻米上，一路留下腳印。驚慌不已的她趕緊叫醒熟睡的丈夫，檢查起居室的茶櫃，發現打算送至海水浴場，暫時放在抽屜的三百圓現款不翼而飛，遂立即報警。

警方最初研判是四處闖空門的竊賊所為，朝此方向搜查，卻毫無斬獲，後來鎖定曾經出入這裡的可疑人士調查，結果查出這個在神田某間洗衣店當送貨員的嫌犯。

不過，雖然鎖定山田涉嫌，但絕非他自白坦承……依山田的說詞，雖然坂本家是洗衣店的熟客，但案發當天他並未去坂本家經營的當舖。山田先是中午去了趟北島町，下午兩點左右又去了藏前。根據警方調查，山田確實於中午時分去過位於北島町的兩、三位客戶那裡，但藏前那邊並沒有往來客戶，他供稱是去開發新客戶，拉著漆成白色的手推車走訪，所以沒有人證。另一方面，警方在坂本家進行現場蒐證時，發現應該殘留在廚房後門門把上的嫌犯指紋被之後返家的女主人與女傭的指紋掩蓋，但留在木地板上的鞋印與山田穿的白鞋鞋印大致相符；再者，前往洗衣店搜查的警方一行人從山田使用的裝衣籃搜出二百多圓鉅款。

山田堅稱是自己為了將來開店，平日省吃簡用存下來的錢；但警方還是將他依法送辦，目前預審已經結束，即將進行公審。雖非什麼重大案件，但無論是檢方還是被告皆無確切證據，所以一旦進入公審程序，勢必會拖延一段時日。想想，被告山田也挺可憐，出身四國的他自小孤苦無依，又因為這種事遭羈押，洗衣店老闆非但沒出面幫他說話，還不聞不問，看來只有官派律師能幫他辯駁了。不過，這位官派律師也只是公事公辦，所以山田的立場愈來愈險峻。

幸好這位窮學生被告的面前突然出現一位美麗救星。

那是第二次公審時的事。進行證據調查前，律師突然要求傳喚證人；話雖如此，卻不是出於被告要求，也非律師請託，而是完全不認識的人主動要求出庭作證，所以審判長與檢察官合議後，決定視其為證人。

於是，這位證人出庭作證。這位美麗證人是葭町一家名叫「壺半」酒館的老闆娘，名叫福田絹，年約三十出頭，看起來就是歷經風霜。

證人宣誓後開始陳述，證詞可說非常明確。根據這位老闆娘所言，從事這行的她每天將近正午才起床，然後去淺草拜觀音。案發當天她依例參拜完後，返家途中一時興起想去橫網町的震災紀念堂參拜；但一看時間尚早，才剛過三點，想說在藏前下車的她確實看到拉著白色手推車的被告。為什麼她會記得如此清楚呢？是因為拜拉著白色手推車的被告之賜，這才想起自己忘記送洗一件很寶貝的和服。後來她看到這起事件的報導，發現那天三點至三點二十分之間潛入坂本家行竊的嫌犯照，竟然是那天遇見的洗衣店送貨員，總覺得很奇怪；但想到要是自己出面作證，怕是會引來兩人勾結之類的閒言閒語，所以猶豫至今才出面。

因為她的證詞相當合情合理，讓辯護律師十分振奮，積極辯駁從日本橋的北島町到淺草的藏前，拉著手推車絕對不可能五分鐘、十分鐘就到得了。於是，審判長仔細詢問證人，並讓證人與被告面對面，確認並無錯認後，宣佈下次開庭時判決。

可想而知，檢察官這期間有多心急，懷疑「壺半」老闆娘與山田之間有什麼特殊關係，派員警們四處蒐證，卻一無所獲。看來這兩人確實毫無瓜葛，「壺半」老闆娘是非常有力的證人，只能說這位窮學生上輩子積德，幫助過這位美人吧。總之，送貨員因為證據不足，獲判無罪，這案子亦告一段落。

然而，好戲還在後頭。

之所以這麼說，是因為這起事件過後，約莫過了半年吧。同樣是在刑案部門，但這次是三號法庭正在公審一起縱火案。當然，負責審理的法官與承辦檢察官均與前述的竊盜案並非同一人。關於這起縱火案是這樣的——。

被告三浦某某任職橡膠公司，未婚的他住在芝的三光町一帶，因為某件事而對早就懷恨在心、同町的某間香菸舖子後門縱火……案發當天是個吹著冷冽寒風的夜晚。這起縱火案也缺乏明確物證，只是在案發前幾天，涉嫌的三浦和香菸舖子的老闆起口角，三浦放話：「我要燒掉你家！」遭逮捕、起訴的他自白一切，但開庭時又翻供，還反控警方逼供。三浦辯稱案發當晚的確像一開始供述的，跑去淺草看電影。審判長問他有何證據，可以證明看電影一事為真？只見三浦被告思忖片刻後，辯稱自己那天太早出門，電影院尚未營業，所以他站在售票口等著購票，還說只要調查一下，應該找得到目擊證人。於是，審判長立刻傳喚電影院的兩三位員工與三浦被告當庭對質。

雖然被告供述的片名與內容正確無誤，但員工們對於他排在售票口最前頭購票一事，卻表示因為一天播放好幾場電影，根本不可能記得這種事；亦即沒有任何證詞有利於三浦，不僅如此，反而出現不利於他的證人。

而且這名證人主動告知警方，自己在案發當晚於電影院目擊到的情形，所以由檢察官提出申請，安排其出庭作證。但、怎麼說呢？這名證人居然是「壺半」老闆娘福田絹。

還真是個奇妙女子，竟然和法院如此有緣。

恕我必須事先聲明……如前所述，那起洗衣店竊案與縱火案的受理法庭不一樣，承辦法官也非同一人，所以當時誰也沒注意到洗衣店竊案的證人，與縱火案的證人居然是同一人；而我也是過了一段時日後，才聽說的。其實就算我當時有所察覺，也不能因為她二度當證人而懷疑其中必有蹊蹺，況且法院工作十分忙碌，也無暇注意。當然，如果像這樣將兩起案件抽離來看，確實看得出疑點重重；但這類案子多不勝數，我也不會刻意記住證人說過的話……看來又是工作冷感症作祟吧。

關於這起縱火案的證人，也就是「壺半」老闆娘，這位美女出庭作證當天穿了件繡工精緻的和服，梳個圓髻，看起來略顯老氣。她依例宣誓絕不作偽證後，道出這番證詞：

「縱火案發生當晚，站在售票口等著購票的第一個人不是被告，而是我。

我因為工作的關係，怕太晚去看不完電影，也想說早點回來，所以那天提早出門。不過當時……我可以很確定的說，被告並沒有排在我的前面或後面；雖然我不願意害人入罪，卻也不想隱瞞真相……。」可想而知，三浦被告非常生氣，卻無法提出有利證據反駁證詞，加上調查結果顯示兩人毫無瓜葛，亦無恩怨，所以法官暫且採納老闆娘的證詞。

於是，經過審判長的仔細審問，以及檢察官與律師之間的交叉質問，當庭宣判下次公審將判定被告有罪，處六年徒刑。

哎呀，聽我這麼敘述，或許會覺得只因為「壺半」老闆娘的證詞就判被告有罪，其實不然。法官是根據案發當時狀況、完全沒有有利於被告方一方的證詞，以及被告平日素行等予以斟酌……不可否認在這種情況下，福田絹的證詞確實大大影響判決吧。嗯？……被告嗎？是啊，當然提出上訴啦！不過啊，無奈結果還是一樣。

就這樣，縱火案算是告一段落，倘若真是如此，就不會有任何問題了。不，接下來才要進入問題核心。問題就出在那位「壺半」老闆娘，她可真是個要不得的女人啊！

沒錯，記得大概是縱火案過後三個月吧。正值夏天即將來臨之時，「壺半」老闆娘又現身法庭……這次我可是親眼目睹。

記得是在刑案部門的走廊吧。我一眼便瞧見混在人群中的她。老闆娘的打扮不同於上次，梳著稱為「宴會卷」的髮型，披著薄披肩。當時我瞧見這位像是來自「築地明石町」的美人時，總覺得面熟，冷不防停下腳步，卻一時想不起來到底在哪兒見過，想說她可能是曾來旁聽的民眾吧。畢竟旁聽席總是有幾張熟面孔。起初我是這麼想，但愈想愈不對勁，赫然發現她走進證人休息室……我心想還真奇怪啊！後來查了一下，這才知道她是這次一號法庭審理殺人案的證人。當然，我那時還不知道這女人除了與那起洗衣店竊盜案有關，也與縱火案有關，只是內心暗忖：「這女人怎麼常常出庭作證啊？」

適逢休憩時間，我巧遇一號法庭的辯護律師，這位律師姓菱沼。菱沼律師每次有事來我們辦公室時，我總會藉機問他一些法庭的事。當時菱沼律師並不覺得有何奇怪之處，只是我的同事夏目剛好也在場，詢問這位女證人的容貌與姓名，聽到菱沼律師的回應，夏目才說之前的縱火案開庭時，她也是以證人身分出席，我也才知曉此事。

菱沼律師聽聞夏目的話之後，突然覺得事有蹊蹺，不，應該說他非常興奮。

這也難怪，因為他負責辯護的那起殺人案，是一位住在目黑一帶的上班族涉嫌殺害有錢的鄰居寡婦，同樣因為證據不足，案情陷入膠著時，又冒出「壺半」老闆娘這位證人，而且和縱火案那時一樣，也是事後才主動出面作證。因為是檢方提出的證人，證詞自然不利於被告。據說這次是案發當天，去看賽馬的她晚歸途中，於案發現場附近撞見突然從被害寡婦家後巷竄出的嫌犯，當然和命案發生時間吻合。後來她看到報紙上的嫌犯照片，發現自己那天撞見的男子疑似被告，後來事情傳入警方耳裡，遂請她來當庭確認。福田走進法庭看到被告，立刻篤定地說：

「是的，是這個人沒錯。」

當然，這起殺人案的承辦檢察官並未處理之前那兩起案子，所以沒注意到「壺半」老闆娘多次出庭作證。不過，菱沼律師始終認為她很可疑……。

雖說純屬偶然也不無可能，但再怎麼樣，檢方也是經過一番考慮，才採信她的證詞，所以如果自己先自亂陣腳，只怕會深陷泥沼而動彈不得，這是菱沼的想法。幸好那天公審很快結束，距離正式判決尚有段時日，菱沼下了破釜沈舟的決心，決定在下次公審前徹底查清楚福田的底細，倘若能確定對方作偽證，勢必能扭轉審判結果。

這實在是……菱沼律師接下來的拚命三郎精神，連局外人都佩服不已。即便他手上還有其他案子要忙，還是每天來法院，只是每次見他都是一臉愁容。

這是我後來聽說的事……。菱沼律師認定「壺半」老闆娘作偽證，那麼她為什麼這麼做呢？因為與三浦被告之間有著不可告人的恩怨？菱沼全力朝這方面調查，但不管怎麼查，也查不出任何蛛絲馬跡，無奈的菱沼只好將焦點轉向之前的縱火案與洗衣店竊案。畢竟兩樁案件均已結案，調查起來並非易事。總之，菱沼還是針對感情糾葛與恩怨情仇，亦即兩起案子的辯護律師均已追查過的部分重新調查；可惜毫無斬獲，三樁案子的被告與「壺半」老闆娘均無瓜葛。

不過，拜重新調查之賜，總算查明福田這女人的底細。「壺半」算是頗有規模的酒館，但近來受到大環境不景氣影響，生意不比以往，老闆娘的生活卻依舊奢靡。

菱沼律師曾趁老闆娘不在時，喬裝客人前往「壺半」，試著向店裡的女侍打探，發現福田絹雖是這間酒館的經營者，但「有個像是老闆的男人不時來店裡」。

菱沼律師問女侍：

「儘管店裡生意欠佳，老闆娘還是賺不少，是吧？」

只見女侍用一派調教過似的九官鳥口吻，回道：

「應該是靠老爺賭馬贏來的吧。」

——原來如此，原來老闆和老闆娘都喜歡賭馬……那麼，是誰贏的錢呢？賭馬這種事哪有可能穩贏不輸？

菱沼暗暗思忖著步出酒館。只查到這麼一點線索，對整起事件的調查起不了什麼作用。

眼看下次公審之日迫近，焦慮不已的菱沼律師轉而開始搜尋能夠推翻老闆娘證詞的反證。

可惜始終沒什麼眉目……。是因為老闆娘的證詞沒有明確物證，只是口頭陳述自己有否與被告打過照面，雖然她當庭宣誓不作偽證，但在缺乏證據的情況下，也無法斷定確實為真，所以菱沼律師始終認為她說謊，卻提不出證據反駁。要想駁斥老闆娘的證詞，勢必得提出她為何這麼做的證據，亦即老闆娘與被告之間是否有什麼特殊關係？或是她必須扯謊的理由。無奈始終無法掌握到這種特殊關係，著實令菱沼律師心急如焚。事情到了這地步，菱沼律師開始覺得老闆娘這三次出庭作證絕非偶然，其實她是個可怕的女人，不僅常出庭胡言亂語，還把這種事當作打發時間的遊戲，搞不好還要底下的人也出庭胡亂作證。就這樣，菱沼律師發現自己的疑心病更嚴重，甚至懷疑出庭作證的人都是老闆娘指使的……。總之，菱沼律師陷入一籌莫展的窘境。

轉眼來到公審之日的前一天，苦尋不著有利反證的菱沼律師只好求助好友青山，請他幫忙出主意。

聽說這位青山先生是個頗有學識的偵探，馬上爽快允諾好友的請託。如何？是不是很了不起。

青山先生登場，接下來才要進入壓軸。此人的才智著實令人瞠目，因為他三兩下便解決了菱沼律師絞盡腦汁也無法解決的問題。

公審之日終於到來。因為這次的公審以調查證據、證詞為主，所以「壺半」老闆娘必須出席。青山先生告訴菱沼先生：「不管情勢如何，你一定要想辦法拖延判決。」隨即假裝是旁聽者，落座旁聽席。莫非在監視開庭情況？不，這說法很怪，應該說是參觀吧。雖然與被告、證人並排坐在辯護律師席上的菱沼律師不明白好友的用意為何，還是努力施展拖延戰術。哎呀！看得出菱沼律師真的很緊張。

就這麼過了兩個鐘頭後，到了休息時間。青山先生步出法庭，走進旁聽者休憩室抽了一根菸後不知跑哪兒去。我以為他去用午膳，但過不久他拿著像是相機的東西回來；而且啊，還透過菱沼律師請我幫個忙。

「一件小事啦。下午開庭後，請你將法官席後方的門稍微打開，然後偷偷用這台相機拍下法庭情況。放心，我們都安排好了。無論如何還請幫忙……」

我心想還真是傷腦筋啊。畢竟我從來沒拍過照，況且拍這種照片究竟想幹嘛？完全一頭霧水。其實菱沼律師也不明白為何這麼做，還真是可憐啊……。再怎麼說，我也是江戶男兒，哪有見人有難不幫忙的道理，「我明白了。」遂慨然允諾。

下午的公審開始。該說幸運之神眷顧吧。審判長入庭後才察覺自己忘了戴眼鏡，遣我幫忙取來，這下子就能趁機拍照了。於是，我拿著相機朝菱沼律師的方向按下快門，還故意關門藉以掩飾快門聲；但不知為何，啪嚓啪嚓的快門聲始終縈繞耳畔，害我不由得冷汗頻冒……雖然旁聽席上可能有人注意到我偷偷拍照，但幸好一切進行得很順利。總之，這是我生平第一次用相機拍照。

另一方面，檢察官似乎希望當庭判決；但前面提及，青山先生交代菱沼律師無論如何都要想辦法拖延，所以菱沼律師使出渾身解數，得以延至明日宣判。

退庭後，青山先生隨即來找我。他真是個爽朗又有活力的人。他誠懇地向我道謝後，拿著相機離去。反觀菱沼先生看起來還是有點焦慮不安，一直到隔天還是如此。這也難怪，眼看開庭時間迫近，卻始終未見青山先生現身。

關鍵之日到來。

時間分秒迫近，依舊不見青山先生的身影。今日就要決定三浦被告究竟是有罪還是無罪，再這樣下去，怕是定奪有罪了——。菱沼焦急不已，時間可是不待人啊。不久，旁聽者魚貫入座，接著書記官帶著文件資料入座，然後是檢察官、審判長入庭。三浦被告、菱沼律師一如昨天的法庭情況，全員就位，唯獨菱沼律師頻頻張望四周。

刻意等待全員到齊似的，青山先生翩然現身。他不理會一派慌張樣的菱沼律師，而是朝坐在臺上的審判長使了個眼色。沒想到兩人像是早就說好似的，審判長默默頷首回應。這……太教人驚訝了。只見青山先生回頭望向門外，向誰使眼色似的，隨即有好幾名員警如雪崩般衝進法庭……場面實在嚇人。

他們到底是要來逮捕誰啊？咦？不會吧……。只見員警們散開來，包圍等著開庭的旁聽席眾人——記得當天有十四位旁聽者吧。當然，與被告有關的人士除外。總之，感覺員警要將與被告毫不相干的人一網打盡似的，氣勢實在令人瞠目啊！就在這時，坐在旁聽席正中央，穿著高爾夫球褲的傢伙抓起鴨舌帽，拔腿開溜，隨即遭大批員警制伏。青山先生走到男子面前，說道：

「你是福田絹的先生吧？必須對你進行搜身。」

員警隨即脫掉男子的外套，從背心口袋抽出褐色信封；打開一瞧，裡頭塞著十二、三張小紙條，每張紙條上各寫著「無罪 片岡八郎」或是「無罪 小田清一」、「有罪 峰野義明」之類，像是簽賭的字句，而且約莫百分之七十是寫無罪。剎時，被包圍的旁聽者紛紛起身抵抗與員警搏鬥，但很快被制伏，全都押送上不知何時停在法院門前的卡車，載往警局。

另一方面，審判長起身，向留在法庭內的寥寥幾位旁聽者宣布：

「由於事發突然，延至明日宣判。」

法庭一片靜寂。

相信各位都明白了吧。這些人是在進行一場奇妙的簽賭。後來我聽青山先生說，首謀者就是「壺半」老闆娘的丈夫。根據他後來的供述，這傢伙可真是壞透了。打從很久以前就拿法庭審判結果當簽賭籌碼，亦即他和同夥假裝是旁聽者，一面旁聽，一面針對竊盜、詐欺等各種案子的有罪無罪結果來簽賭。據他供稱，這種賭法格外刺激、吸引人，還真是要不得的心態啊！拿一個人是否有罪來賭輸贏，當然有趣……不，論殺傷力的話，賽馬可是遠遠不及。而且啊，起初只有兩、三人參與，後來吸引愈來愈多外行人加入賭局；甚至利用退庭休憩時間，在休憩室裡引誘其他前來旁聽的人參與賭局。眾人議論判決結果，進而慫恿對方下注簽賭。可想而知，這些傢伙因為常去法庭旁聽，比外行人有先見之明，大多能判斷結果如何，贏錢的機會自然大得多。沒想到簽賭一事愈來愈走火入魔，一旦發現像三浦這案子一樣證據不足，很難判斷是否有罪的案子，就叫妻子出庭作偽證。

是的，這幫傢伙簡直喪盡天良。青山先生那如電光火石般的行動力，令人佩服不已……。據說他當時聽到菱沼律師說明經緯後，便認為「壺半」老闆娘只在難斷結果的案子出庭作證，而且在與被告毫無關係的情況下，竟然主動出面當證人，更在毫無確切證據的情況下，僅憑幾句證詞便引導判決，足見她非常瞭解開庭程序，而且旁聽者中肯定有其同夥，所以青山先生先混進其中，察覺旁聽席與休憩室的氣氛不對勁，才趕緊找我幫忙拍照。青山先生拿著沖洗出來的照片，前往「壺半」，伺機讓女侍指認出照片裡的某位男子是老闆娘的丈夫，才安排這場一網打盡的突襲計畫。

什麼？老闆娘當然和她丈夫一樣被判處重刑。

船工殺人事件

喬介笑著將東西遞到我面前。那是一把綴著典雅紋飾的鋒利彈簧刀，雖然被鐵屑與油弄得髒污，但刀鋒浮現疑似血跡的紅色鏽蝕。

船工殺人事件

這是發生在K造船廠第二船塢工作的原田喜三郎、山田源之助，兩人失蹤後第五天的事。

青山喬介和我接獲失蹤者之一，也就是慘遭殺害的原田喜三郎屍體漂浮在離造船廠不遠的海面時，立刻穿上保暖外套，趕赴造船廠。

原田喜三郎和山田源之助都是K造船廠的船工，負責修理駛入船塢的的船隻、清除附著船底的螺貝、船身重新上漆等工作。兩人於五天前的晚上失蹤，警方水陸總動員，全力搜索，卻一無所獲。就在事件即將被淡忘之際，海面卻突然出現浮屍；雖說泰半算是預料之中，但聽到發現失蹤者那慘不忍睹的屍體時，還是讓人驚訝得跳起來。

我們在大門口下車，直接進入廠區。拐過辦公室，便瞧見背對著鐵工廠的灰黑建築物，橫亙著兩座又大又深的船塢；兩座船塢之間矗立著一堆黑壓壓的吊車，下方是仿似快被壓扁的白色船員宿舍，被發現的浮屍躺在建築物前方地面的草席上。

看來驗屍完畢，警方一行人撤離，只剩下五、六位身穿藍色工作服的工人瞧著趴在屍體上不斷啜泣，應該是死者妻子的女人。喬介走過去向家屬表明身分後，開始驗屍。身穿樸素工作服的被害者屍身浮腫，明顯泡水好幾日，無論是看起來約莫四十多歲的蓄鬍面容，還是露出來的肩膀、雙腳都腫脹得很厲害，失去彈性的皮膚有多道擦傷；心臟部位有道細長傷口，白皙肌肉清楚可見。

「那是慘遭利刃刺入的傷口，也是致命傷。」

喬介朝我說了這麼一句，繼續驗屍。

雖然屍體面容沒有嚴重浮腫變形，但唯獨左臉頰佈滿雀斑的樣子著實令人頭皮發麻。喬介不虧是喬介，只見他湊向滿是雀斑的臉，仔細調查一番後將屍體翻過來，露出果然不出所料的表情看向我。原來如此，屍體後腦勺有遭鐵棍之類的鈍器擊傷的凹陷，頭骨外露。屍體背面與正面一樣有好幾處嚴重擦傷，工作服的背面沾著些許黑色機油，被撕裂的上衣與背心則是染上一片黑色機油。更教人吃驚的是，雙手被麻繩緊縛身後，打結處到沾上某種東西的繩子末端，這麼約一呎長的長度成了千絲萬縷，就連縛著手腕的麻繩都被機油染成黑色。

喬介驗屍完畢後，平靜地問一旁的婦人：

「不好意思，想請教一些事。可以說明一下您先生失蹤當夜的情形嗎？」

「什麼意思？」

「就是您先生最後出門時的情形。」

「是。」婦人拭淚，開始說明。「那天天黑後，外子從工廠返家，匆匆吃過晚飯後，隨即趕回工廠加班。」

「請等一下。」喬介問身旁穿著藍色工作服的工人：「那天晚上有加班嗎？」

「沒有，沒加班。」工人回道。

「沒有？是喔。明明沒加班卻說要去加班，應該有什麼難言之隱吧。夫人，您有想到是因為什麼事嗎？」

「我不清楚……」

「是喔。那麼，您先生是獨自出門嗎？」

「不是，源先生，就是山田源之助先生先生來找他，兩人一起出門。」

「他住這附近嗎？」

「嗯，住得很近。他們倆是莫逆之交，源先生經常來找外子一起上工。我還偷偷聽到他們出門時，說什麼『那個小鬼嚇得渾身發抖』、『今晚總算可以好好喝一杯了』。」

「哦？您記得可真清楚啊！」

「是啊。因為源先生直到前一天還因為中暑休息著，那天又因為勉強上工而傷到右臂。畢竟都傷成這樣，又中暑，還要去喝酒……雖然這是別人的事，但難免也會替他擔心，所以才會記得那麼清楚。」

「原來是這樣，謝謝。所以兩人再也沒回來？」

「是的。」

「謝謝。」

喬介道謝後，準備離去。只見他一邊用下巴向我示意，走向船塢。

「還真是驚訝啊！手法如此殘忍。」

跟上他的我說道。

「是啊！根本是遍體鱗傷。一具肉體不但被一刀刺中心臟，還被重擊後腦勺，全身有多處擦傷，手法實在太殘忍了。還用麻繩緊緊綑綁屍體，丟入海中，看來兇手的知識水平肯定不高，百分之九十九可以確定絕非知識分子；不過，在推敲案情時，還是不能忽略任何可能性。

其實我最先注意到的是，那幾種傷痕和機油施加在死者身上的順序。我不認為這幾種傷害方式是同時所為，不，應該說這幾種傷可以清楚看出先後順序。回想一下後腦勺的重擊傷口，以及身體各處的嚴重擦傷，相較於心臟那一刀，這兩種傷口的周遭皮膚都有嚴重擦傷。而且啊，通常人類的皮膚，當然不是指活人的薄薄表皮，而是和那具屍體一樣粗厚的皮膚，不太可能會連傷口周遭皮膚都反掀開來，不是嗎？我覺得這一點頗不可思議。除非已經沒了呼吸，快要腐爛長蛆，或是泡水多日的屍體才有可能這樣吧。

基於這想法，我試著推敲最有可能的先後順序。被害者先遭利刃刺中心臟斃命，接著雙手被縛於身後，綁上重物丟入海中，讓屍體在海水泡一段時間後，兇手再在還算柔軟的肌膚加上致命毆傷與幾道嚴重擦傷。我之所以敢這麼推斷，是因為發現一個有趣的證據，那就是反縛身後的手臂正面有擦傷，手臂背面與側腹到背部一帶卻連衣服都沒裂開。再來是黑色機油的污漬，無論是從溶解狀態，還是沾染情況來看，都能說明屍體曾泡水一段時間，除了心臟那個致命傷之外，其他傷口都是後來加工的。為什麼這麼說呢？因為從背部上端的上衣到裂開的背心與擦傷的皮膚，還有用來綑綁的麻繩表面全都染滿機油。不過，這方面的推測到此為止，我們還是先去命案現場瞧瞧吧。」

喬介這麼說後，朝工廠方向走去。我詫異地不禁出聲：

「不會吧！行兇現場？你怎麼知道？」

面對我的質疑，喬介面露微笑，邊走邊說：

「呵！也沒什麼啦！你還記得死者那佈滿雀斑，教人頭皮發麻的左臉頰吧。我看到時，就覺得頗不尋常。仔細檢查後，發現只是臉頰嵌進很多鐵屑罷了。也就是說，那些看似雀斑的斑斑點點，其實是死者遭刺中心臟時往前倒，鐵屑就這樣嵌進臉頰，所以我直覺行兇現場就是在車床作業區。車床作業區應該位於鐵工廠內，只要走到後面的鐵屑棄置場就能推敲出一些端倪了。」

我默默跟在喬介身後。途中向一名工人詢問鐵屑棄置場位於何處，不久便來來到鐵工廠最後面的角落，這裡堆滿被油染黑的鐵粉，還有發出銀光的全新鐵粉。

喬介立刻戴上手套，彎腰蹲在比較新的鐵屑堆旁翻動了一會兒，卻沒有什麼發現。在一旁觀看的我開始覺得倦了。

喬介的臉突然泛紅。我一看，他手上捧著的銀白色鐵屑上有大片褐色鏽蝕污漬，應該是從被害者心臟流出的血跡。我怔怔望著那血跡，喬介拾起某個發光物體，走向我。

「你看，還找到這東西呢！」

喬介笑著將東西遞到我面前。那是一把綴著典雅紋飾的鋒利彈簧刀，雖然被鐵屑與油弄得髒污，但刀鋒浮現疑似血跡的紅色鏽蝕。

「可惜這麼髒，驗不出指紋。」

喬介用戴著手套的指尖拂去刀柄上的灰塵，隨即清楚可見上頭刻著

G・Y兩個英文字。瞬間，我腦中靈光一閃。G・Y——就是「山田源之助」英文名字的縮寫。我忍不住迸出口：

「你看，這是山田源之助的英文名字，兇手就是源之助。」

「嗯。這麼想也沒錯啦！」喬介倒是一派冷靜回道：「不過，如果無視其他符合的條件，就斷定兇手是山田的話，怎麼想都太武斷了。我想先釐清死者到底來這裡做什麼？想先朝這方向推敲。你應該還記得剛才死者妻子說的話吧。失蹤的兩人曾低聲說什麼『那個小鬼嚇得渾身發抖』、『今晚總算可以好好喝一杯了』之類的話，是吧？可見那天晚上除了他們倆之外，還有個叫『小鬼』的人。當然，這個第三者的年紀比他們小，而且——」

只見話說到一半的喬介彎腰從鐵屑堆拾了個東西。仔細一瞧，是染上鐵屑的油污，裡頭還很新的贈品火柴盒，商標圖案印著「小料理・關東煮」字樣。喬介微笑地繼續說：

「看來這男的最近可能跑去哪裡吧。大概是去西邊旅行。怎麼說呢？你看掉在這把刀旁邊的火柴盒印著『小料理・關東煮』，關東煮就是我們東京人說的黑輪，鄉下地方都是叫關東煮，尤其是關西那邊，我聽過好幾次呢！所以光憑火柴盒上印著『關東煮』，就能判斷這間店絕對不是開在東京。」

「好啦！別說了。知道了。」

多少嫉妒喬介這等能耐的我快快不樂地回應。喬介用手帕包好彈簧刀，連同火柴盒一起塞進口袋，然後搭著我的肩，說道：

「我們去找機油吧。找出沾在死者身上的黑色油污究竟出自哪裡。」

我跟著喬介走進鐵工廠。

在工人的導引下，我們穿梭於旋轉鐵棒、輸送帶、齒輪等，發出如野獸嚎叫般的車床與巨大磁鐵之間，卻始終找不到符合喬介推敲出來的行兇地點。我們失望地步出工廠，來到起重機林立的兩座船塢之間，遇見一位戴著鴨舌帽，一身西裝，看起來像是工程師的男子。喬介趕緊攔住對方，問道：

「請問造船廠這一兩天是否有人不小心打翻機油？您要是知道什麼，還請告訴我們……」

喬介突如其來的詢問讓年輕工程師剎時怔住，但他馬上指著面前的船塢，說道：

「二號船塢昨天好像打翻油罐，我可以帶你們過去看看。」

工程師這麼說，隨即帶我們前往。不一會兒，我們順著梯子來到空蕩的船塢底。工程師走到距離堵住海水的閥門約莫三十尺處，指著水泥塢底，回頭對我們說：

「就是這個。」

原來如此。那裡的確有個約莫三、四尺見方的機油灘，似乎浸過水，痕跡顯得有些模糊。正中央像是被死者的背部刷過般，可以見到白色水泥地，將油灘一分為二。

「是誰打翻的？」

「船上的水手。從五天前的早上進廠維修，一直到昨天晚上才離開的帝國油輪公司所屬貨輪天祥丸的水手，聽說是補充推進器的機油時，不小心打翻的。」

「是喔。這樣啊……」

喬介似乎有點失望，低頭沉默不語。過了一會兒，像是想起什麼似的抬起頭，說道：

「這艘叫天祥丸的船，是打哪兒來的？」

「從神戶出港。」工程師說。

「神戶？停靠過哪些地方？」

「只停靠過四日市。」

「什麼？四日市？這就對了。」

喬介不由得驚呼。想起什麼似的伸手探口袋，掏出剛才發現的火柴盒，用手帕擦去上面的髒污，凝望商標一會兒後。再次開口：

「那艘天祥丸目前在什麼地方？」

「目前停靠芝浦，好像是因為貨物延遲裝載的關係。昨晚修復後，在船東催促下，今天中午由拖曳船拉出船塢，已經離開四小時了。」

「謝謝。你說船是五天前的早上進廠維修，是吧？所以是被害者行蹤不明的那天，也就是慘遭殺害的當天早上囉？」

「是的。」

「所以那天晚上天祥丸的船員都住宿廠內宿舍，是吧？也就是說，就算沒有加班，那天晚上廠內也有天祥丸的船員囉？」

「是的。應該多少有幾個吧。」

「意思是？」

「百分之八十都去嫖妓吧。」

「你可真清楚啊！那麼，除了天祥丸之外，還有別的船入塢嗎？」

「沒有。」

「謝謝。」

工程師和喬介結束對話後，說是一號船塢將有船入塢，便匆匆趕過去了。

我在喬介的慫恿下，也跟在工程師後頭去瞧瞧。

一號船塢的塢門前，停著一艘等待拖曳的千噸貨輪。我們抵達後不久，閥門上方的海水灌注閥開啟，濺起白色泡沫的海水發出可怕的低吼聲，洶湧入塢。接著是直徑約二尺五寸大的下方灌注筏開啟，遭強勁水流吸入，驚慌失措的魚群衝撞塢底。我看著這光景出神，喬介輕拍我的肩，說道：

「你在這裡一邊欣賞貨輪入塢，一邊等我去把兇手逮來吧。」

我愣住了。喬介留下這番話後，便頭也不回地衝出去。我只好繼續觀賞眼前光景，等他回來。

過了一個鐘頭，船塢已至滿水位，喬介仍未回來。就算閥門內的海水開始排出，那扇巨大鋼鐵製閥門浮出水面，拖曳船已然駛離，貨輪已經入塢，還是不見喬介蹤影。門船再次卡住閥門，馬達開始抽除船塢內的海水時，總算有一輛車子從大門駛入。我以為是喬介回來了。細瞧，原來是警視廳的車。我心想：「這下子，事情更複雜了。」沒想到打開車門，神清氣爽下車的男子居然是我的好友青山喬介，緊接著出現的是被牢牢縛住，由兩位員警押送，膚色黝黑，酷似船員的剽悍青年。

在喬介的引領下，一行人來到二號船塢面向大海的岩壁一帶。喬介這才對緊跟在後，心跳加速的我說：

「向你介紹一下，他是天祥丸的二副，也就是兇手矢島五郎。」

我一直認為兇手是山田源之助，應該說刀柄上的英文名字縮寫讓我堅信自己的推測，所以聽到矢島五郎這名字時，內心激動不已。

待被員警押著的男人離開後，喬介開始說明：

「剛才聽工程師說，天祥丸曾停靠四日市時，我突然想起那個火柴盒背面的商標文字，所以馬上拿出來擦拭乾淨。」

喬介將火柴盒遞向我，說道：

「你看，在『勘八』這店名下方有排小小的文字『四日市會館隔壁』，是吧？」

「嗯。」我用力頷首。

「所以我大膽推測兇手是持有這個火柴盒的天祥丸機組員，那晚曾和失蹤的那兩個人在車床工廠後面的鐵屑棄置場碰面。當時山田源之助中暑，而且右手臂受傷，所以他能夠一刀刺中喜三郎的心臟嗎？應該頗困難吧。於是，我立刻去拜訪山田源之助的家屬，確定他是右撇子。我還打探到一件更重要的事，那就是喜三郎和源之助，三年前都是天祥丸的水手。

所以我有了十足的把握，馬上前往芝浦，一切都在我的料想中。其實也沒甚麼啦！只是先去找天祥丸的船長，請他幫忙查一下名字縮寫是G．Y的船員，發現只有大副八木稔，和二副矢島武郎；八木已經年近五十，而矢島雖然是個二十九歲的年輕小夥子，卻優秀得連船長都很驚訝。我立刻私下去找矢島，假裝請他幫忙買同款的彈簧刀，結果他一看到彈簧刀，馬上掏出一張百圓鈔給我。我立刻逮捕他，雖然搏鬥過程中多少受了點傷，幸好無礙。」

喬介笑著捲起右手的袖子，手腕內側的白色繃帶滲出些許血跡。

「那麼，山田源之助的情況如何？」

我嚥了嚥口水，問道。

「這個嘛……」

喬介回頭，走向被員警押走的矢島五郎；只見他無視一旁的員警，對矢島說：

「矢島，你就招了吧。你把山田源之助的屍體沉入哪一帶海域？應該和原田喜三郎同一處吧？」

矢島只是默默地斜睨著喬介。

「你還是不肯說嗎？那也沒辦法啦！只好我來說了。」

喬介一派氣定神閒地走向一號船塢，不一會兒便帶來一位剛完成固定入塢貨輪作業的潛水伕。

潛水伕走到我們所處的岩壁附近，等候喬介的指示。不久又找來兩位工人幫忙準備氧氣筒和馬達，然後垂下梯子讓潛水伕潛入海中。約莫過了十分鐘，在我們所處之處稍微偏左邊，也就是距離二號船塢的閥門約三公尺遠海面上，浮現許多泡泡與烏黑泥水。

就在這時，我們耳邊響起有如野獸低吼般的聲音。我回頭瞧見矢島五郎的鼻頭頻冒汗，臉色鐵青的他咬牙切齒地拚命掙扎，喬介則是微笑地再次看向海面。五分鐘後，浮出海面的潛水伕背著一具和原田喜三郎一樣，雙手反縛於後的屍體。

「啊！是源先生！」

操控馬達的工人突然大叫。矢島頹喪地癱坐地上。

源之助的屍體不像喜三郎的遺骸那樣傷痕累累，只有心臟被刺了一刀。

「屍體綁著老舊的大齒輪，我實在背不動，只好切斷綁在屍體上的繩索。對了，還有一條斷掉的繩索，應該是用來綁喜三郎先生的屍體吧。」

結束任務的潛水伕氣喘吁吁地說。

喬介伸手搭著矢島的肩，說道：

「還有件事要問你。你們在工廠碰面後，為什麼一言不和，發生這麼可怕的事？」

面對喬介的質問，矢島抬起頭，忿忿大吼：

「事到如今，也沒啥好隱瞞了。直到三年前，我們一起在天祥丸上工作。那時還是艘新船的天祥丸遠洋至中國南方時，我趁著暴風雨的夜晚，將當時的船長柿沼這個冷血傢伙推入海裡，搜刮他所有財物，沒想到被這兩個傢伙抓住把柄。那天晚上，他們向我敲詐，我只好先下手為強，就是這樣。」

「謝謝你的供述。」這麼說的喬介朝員警使了個眼色。

喬介看向陰沉的冬日大海，說道：

「你知道我為什麼知道源之助也遇害嗎？那是因為只要分析整起事件的前因後果便能推敲。你應該也很納悶我為什麼知道源之助沉屍的地點吧？其實只要搞清楚為何今早發現一起被殺害的原田喜三郎屍體；也就是說，在鐵工廠後方慘遭殺害的兩具屍體被搬到這裡，綁上重物，扔入海中，剛好就在二號船塢的閥門附近。就這樣經過四天，到了昨天晚上，維修好得天祥丸因為在K造船廠耽擱太久，必須儘快趕往芝浦。第二船塢的閥門注水孔開啟，洶湧海水剎時湧入船塢內。那麼，被綁上重物，沉於船塢附近的屍體會如何呢？很簡單，傷痕累累的屍體就像魚群一樣被直徑二尺五寸的鐵孔吸入，又猛烈撞擊到水泥塢底，適巧天祥丸的水手不小心打翻機油，所以屍體上才會殘留機油污漬。不久，船塢已達滿水位，塢門開啟，拖曳船將天祥丸拖出船塢。由於浮力的改變，原本緊黏在船底的喜三郎屍體就這樣跟著漂流外海。當然，源之助的遺體之所以沒有這般遭遇，應該是和陳屍位置離注水孔的遠近，以及縛住屍體的繩索長短有關……」

喬介語畢，將手上的菸屁股扔向海中。

「所以兩人向矢島勒索未遂就是這起凶案的動機囉。你究竟是怎麼看出端倪的？」這是我最後的提問。

「哈哈哈哈！其實矢島不招供，我也不知道，只是思考了整起事件的前因後果，便故意問他『為什麼一言不和』，設個陷阱讓他跳囉。」

石牆幽靈

「魯邦咖啡館」的廣告傳單，的確是那個叫賣商人丟入的沒錯。所以說，是廣告傳單先丟進來？還是兩名嫌犯先經過這裡？

一

秋森家位於吉田雄太郎居住的N町公寓西側，一棟腹地廣闊、坐北朝南的宅邸，但外觀十分老舊，佈滿青苔的灰色屋瓦已被蒼鬱的柞樹與青剛櫟圍繞，所以幾乎從公寓的任何一扇窗戶都看不見外頭；而且老宅四周圍著今年冬天才築起的一丈高石牆。宅邸正面與公寓隔著一條東西向、三十六英呎寬，人車鮮少的道路，還有一處約莫三百坪、東西向的狹長空地。這片長滿雜草的空地南邊是白石岩壁闢建出來的十數丈高斷崖。

吉田雄太郎遷居此處後，便莫名對秋森家這棟老宅很感興趣。他感興趣的不只是這棟老宅的外觀，而是住在裡頭的秋森一家。雄太郎搬進這棟公寓已快半年，但除了偶爾會在面朝後巷，位於石牆西端的廚房見到像是女傭的年輕女子之外，幾乎未見過秋森家的人，也沒見過那扇老舊大門開啟。

雄太郎猜想可能是秋森家的人不喜歡與人往來，才會遺世孤立般居住在這僻靜山丘上。還聽聞秋森家主人是位年逾六十的老者，還有兩個單身未婚的兒子，加上一位中年管家與他的妻子，一、兩位女傭，生活在這棟宅邸；不過就連說這事的人都沒見過老人家和他的兩位兒子。萬萬沒料到這棟宅邸竟然發生令人費解的奇怪事件，而雄太郎也被捲入其中。

事情發生在某個盛夏酷暑的週日下午兩點半。雄太郎為了一件要事寫信回家鄉，想起這時是郵差第二次來公寓前的郵筒收信的時間，遂步出家門。習慣還真是一件可怕的事，果然如雄太郎所料，老郵差正彎腰，用鑰匙開啟郵筒的取信口。於是，雄太郎上前打了聲招呼，將信交給他；看著老郵差那張頻冒汗珠，滿佈皺紋的臉，雄太郎心想：今天還真是熱啊！

先說明一下，這一帶是非常僻靜清幽的高級住宅區，平時已是人煙稀少，更何況這般酷暑日，雖是大白天，馬路上卻連隻貓兒都沒瞧見，沒想到熾熱陽光毫不留情遍灑下的靜寂光景卻突然發生慘劇。

雄太郎與老郵差聽到從西鄰的秋森家大門方向傳來尖叫聲，兩人不約而同聞聲望去，瞧見距離他們所在處約莫一八百十公尺遠的秋森家大門正前方，有兩個身穿白色浴衣的男子似乎越過什麼黑色大塊狀物，並肩沿著高大堅固的石牆跌跌撞撞朝另一頭奔逃。瞬間，兩人的身影被與道路一樣緩緩北拐的長石牆遮擋，就這麼消失在他們的視野。

事發突然，加上相距約一百八十公尺遠，完全看不清楚兩人的長相，但能確定的是兩人體格相當，一樣穿著白色浴衣，腰間繫著黑細帶。雄太郎只覺得一陣輕微暈眩，不自覺地倚著郵筒，卻冷不防被灼熱的郵筒鐵皮燙到，待他回神時，發現老郵差衝向秋森家大門，雄太郎也趕緊追上去，無奈兩人衝到大門時，早已不見那兩名形跡可疑的男子。

原來看似黑色塊狀物的是奄奄一息趴在地上，脖子白皙的中年婦女。柏油路面上有紅色液體流動，跑得上氣不接下氣的老郵差一邊彎腰扶起女人，一邊用下巴示意雄太郎快去追那兩個人！

宅邸門前這條三十六尺寬道路，沿著秋森家石牆西端朝北彎。當雄太郎拚命奔至往右拐的轉角時，探身望向對面道路，道路右側是秋森家的長石牆，左側是某男爵宅邸後院高築的紅磚牆，因為就這麼一條路，所以完全沒有可以藏身的地方——卻不見嫌犯蹤影！

倒是有位身穿西裝，看似哪家公司業務員的男子拎著黑色公事包朝這走來。雄太郎奔向他，忙不迭問道：

「請問有看到兩個穿著白色浴衣的男子嗎？」

「……」男人頓時愣住，過了半晌才用力搖頭，回道：「沒有……發生什麼事嗎？」

「這就麻煩了。」雄太郎懊惱地說。「剛剛秋森家門前發生殺人事件……」

「甚麼！」男人臉色驟變。「殺人！誰被殺啊？」男人邊問，邊和雄太郎一起奔回事發現場。

「我是秋森家的管家，戶川彌市。」

沿著石牆拐彎，便瞧見秋森家大門口，兩人繼續默默跑著。西裝男瞧見被老郵差扶起，用手帕摀著胸部傷口，整個人癱軟的女子，快步衝向前。

「啊、染子。」

只見他驚慌地張望四周，喃喃道：

「她……她是內人……」

隨即癱坐在地。

轉角另一頭傳來叫賣商人不斷搖鈴，吆喝的叫賣聲。

二

幾分鐘後，這裡是N町的警局。

新來的巡警蜂須賀頂著艷陽天，一邊與睡魔奮戰，楞楞站崗。

突然有個背著寫有「魯邦咖啡」招牌，腹部綁著鐘和大鼓，沿街叫賣的商人氣急敗壞地衝進警局。他說自己方才經過秋森家門前目睹駭人凶案，屍體旁站了三名模樣十分狼狽的男子，所以趕緊來報案。

發生凶案！蜂須賀巡警猶如被電擊般，頓時一掃睡意。他瞅了一眼手錶，二點五十分，趕緊打電話向轄區警署報告，隨即跟著叫賣商人前往案發現場。

現場除了叫賣商人說的三名男子之外，還有秋森家的女傭、幾個圍觀的民眾等。正忙著攔阻圍觀民眾靠近的雄太郎一見到蜂須賀巡警，趕緊遞出自己在離被害者遇害地點約莫三十尺遠，西側石牆邊撿到的沾滿血跡的短刀。

蜂須賀巡警立刻詢問證人。

「也就是說，吉田先生從這裡跑去追那兩個穿浴衣的男子，遇到從對面走來的戶川先生，而這裡就這麼一條路而已，嗯……這情形是所謂的夾擊囉。可是兇手卻不見蹤影？這究竟是……」

蜂須賀巡警眉頭深鎖，咬著下唇，開始目測這條路有多長。當他的視線落在秋森家石牆轉角附近的廚房後門時，突然凝視了好一會兒。不久，回過神的他微笑地交相看著兩位證人。

雄太郎與戶川管家明白蜂須賀巡警的意思，只見兩人用力頷首。

「也是啦……」戶川管家神情憂愁地說。「除了那裡，沒其他路可逃。」

只見蜂須賀巡警快步奔向廚房後門，開門走進去。不久，開門出來的他一臉得意地說：

「看來我的推測沒錯，果然有腳印！」

恰巧這時檢調主任帶著一隊人馬趕到。蜂須賀巡警遞出雄太郎提供的證物，得意洋洋地述說自己的調查結果。於是，警方再次詢問證人。被害人是秋森家的女管家，管家戶川彌市的妻子染子。熊太郎與老郵差目擊凶案發生當時情況，死因也很明確，死者是遭人刺殺斃命。檢調主任聽完雄太郎、老郵差與戶川管家的證詞後，前往蜂須賀巡警發現腳印的現場。

打開後門，走進宅邸腹地，正前方約三十尺處是廚房入口，往左拐是石牆內側，右邊是一片寬闊的前院花圃，看得到對面的主屋。可能是因為天氣炎熱關係，地上有灑水痕跡。後門與廚房之間留著不少疑似送貨員、家中僕役們的鞋印與草鞋印。蜂須賀巡警發現的可疑腳印是從後門右拐，經由前院的花圃，一路散佈至主屋的雜沓木屐印。

調查結果顯示，木屐印有四道，亦即有兩個人穿著木屐往返其間。意思是，從外面進來又出去囉？還是出去又回屋呢？不過，這疑問因為能夠清楚區別木屐的前後而解開。不久，在主屋廊前的脫鞋處發現兩雙符合可疑鞋印的庭院穿用木屐。

看來嫌犯疑是秋森家的人。

員警個個面露喜色。檢調主任指派蜂須賀巡警留下來看管現場，避免腳印遭破壞，隨即率其他人前往主屋那邊，在雄太郎、老郵差、戶川管家的見證下，開始調查秋森家成員。

老主人秋森辰造因為身染重疾，不便接受訊問。管家與女傭都能證明所言不假，所以檢調主任只傳訊他的兩個兒子。只見雄太郎和老郵差看到從屋裡走出來的兩名男子，瞬間面色蒼白。

秋森辰造的兩個兒子無論是身材還是相貌，有如一個模子印出來似的，而且一樣身穿蚊飛白浴衣，一樣繫著黑色錦紗細帶，分別名為秋森宏、秋森實，兩人皆為二十八歲，一看就知道是雙胞胎。

瞬間，眾人陷入詭異的沉默；但老郵差似乎耐不住，聲音顫抖地說：

「錯、錯不了！就是他們！」

這下子，檢調主任展開更嚴實的訊問。問題是，這對雙胞胎兄弟表示在後院的葡萄藤架下午睡到方才，根本不曉得發生什麼事，也表示根本沒去過前院，堅決否認行兇。

於是，改為傳訊兩位女傭。名叫阿夏的年長女傭說她負責照顧老爺，幾乎沒離開過別館，對於主屋的事一概不知。另外一位名叫阿君的年輕女傭證實兩位少爺確實在葡萄藤架下午睡，不過她也小寐一個鐘頭就是了。此外，阿君還說凶案發生前不久，染子接到一通不知誰打來的電話後，吩咐她看家便出門了。但她因為還在打盹，所以不知出了什麼事。

即便有女傭的證詞，雙胞胎的不在場證明還是不夠充分，而且最糟的是，每次詢問關於被害人戶川染的問題時，這對雙胞胎兄弟不是眼神閃爍，就是含糊其詞，當然令辦案人員起疑。於是，檢調主任決定採集他們的指紋與兇刀上的指紋進行比對，遂派一位員警前往警視廳鑑識課通報此事。

三

另一方面，負責監視現場的蜂須賀巡警想到自己上任不久便遇上凶殺案，而且還立下功勞，著實深感滿足。只見他雙手背在身後，循著地上的腳印這裡走走，那裡晃晃。

仔細研究這些腳印，發現頗有趣。只見他蹲在後門附近，看著一張被木屐踩過的桃色廣告傳單，思索著。這張廣告傳單是被走向後門的木屐踩踏，那麼一定是穿著這雙木屐的人從花圃衝出來，逃出後門時踩踏到的。——哦，咖啡店的廣告啊！魯邦……魯邦？等等，好像在哪兒聽過……。

似乎察覺到什麼的蜂須賀巡警突然起身，一臉困惑的他就這樣怔站了一會兒。當他瞧見剛被詢問完，步出廚房的女傭阿君，趕緊走向她，問道：

「問妳一件事，這戶人家的報紙、廣告傳單是從哪裡投入？」

「咦？報紙？」女傭站直身子，邊用圍裙拭乾雙手，邊說：「報紙都是打開後門直接送到廚房，郵件也是，只有廣告傳單是稍微打開後門扔進來。」

「原來如此，謝謝。」

蜂須賀巡警用力頷首，臉色卻愈來愈蒼白，表情更顯困惑，完全沒了方才的意氣風發樣。只見他緊抿下唇，不斷用顫抖指尖輕敲太陽穴，像尊雕像般呆立著。

奇怪……。廣告傳單是從這裡扔進來……。所以兇手從這裡出去殺害女人時，踩到扔在這裡的廣告傳單……這樣合理嗎？真的合理嗎？……不對、不對。完全不合理啊！蜂須賀巡警苦惱地不停呻吟。

這時，完成調查的檢調主任一行人帶著雙胞胎兄弟，意氣風發地走過來。躊躇不已的蜂須賀巡警戰戰兢兢地向檢調主任報告：

「請等一下，我有個疑問。」

「你說什麼？」檢調主任問。「疑問？開什麼玩笑啊！案情已經十分明朗。剛剛鑑識課來電，凶刀上的指紋與秋森宏的指紋完全吻合！」

這下子，蜂須賀巡警只能默默退下。

不久，一行人撤離案發現場。幾乎被認定是兇手的秋森家雙胞胎隨即送往警局羈押，此案暫且告一段落。

蜂須賀巡警卻始終耿耿於懷。傍晚輪班時間一到，滿腹狐疑的他來到秋森家後門，請女傭也在場，然後蹲在被木屐踩踏過的廣告傳單前再次思索。

「魯邦咖啡館」的廣告傳單，的確是那個叫賣商人丟入的沒錯。所以說，是廣告傳單先丟進來？還是兩名嫌犯先經過這裡？依目前知道的情況看來，只能解釋是廣告傳單丟進來後，兩名穿著木屐的嫌犯走出來，無意中踩踏到這張廣告傳單。沒錯，一定是這樣。這麼一來……這麼一來，叫賣商人在兇手從這扇小門出去之前，也就是慘案發生之前就已經過這裡……但真的是這樣嗎？是嗎？不對、不對！叫賣商人是慘案發生後才經過這裡……這樣根本說不通啊！

焦慮不已的蜂須賀巡警站了起來。

——對了。再去找叫賣商人求證一下吧。或許他在慘案發生前經過此處，不是嗎？雖然不太可能，但為求慎重起見，還是問個清楚吧。

於是，蜂須賀巡警離開秋森家，沿著石牆向東走。

——如果照我推測，叫賣商人是案發後才丟入廣告傳單的話，那麼兇手的腳印……沒錯，分明是個可怕的圈套，恐怖的詭計。

蜂須賀巡警一邊思索，一邊走著，沒想到他又碰到一道不可解的難題。

剛好走到秋森家大門前，也就是案發現場的他似乎驚覺到什麼似的突然停下腳步，凝視前方，頻頻疑惑歪頭，隨即咋舌一聲，加快腳步。

來到公寓門前的他衝進玄關，告訴管理員：

「我要找吉田雄太郎先生。」

方才的訊問著實讓雄太郎精疲力盡，正窩在房間休憩；但一聽到蜂須賀巡警來訪的他驚訝得跳起來，飛奔下樓。

一見到蜂須賀巡警，立刻問：

「又發生什麼事嗎？」

「沒什麼，只是想請教你一些事情。不好意思，借一步說話。」

這麼說的蜂須賀巡警，率先邁步。

「到底是什麼事？」跟在後頭的雄太郎急切地問。

沒回應的蜂須賀巡警只是一直往前走，來到秋森家大門前的柏油路才停下來，回頭說：

「我們現在站的地方就是案發現場，也就是死者倒臥之處，對吧？」

這般突如其來的提問讓雄太郎剎時怔住，隔了半晌才戰戰兢兢地用力頷首。只見蜂須賀巡警眼神犀利地瞅著雄太郎，這麼質問：

「我相信你的證詞。你說你那時站在公寓門前的郵筒旁，看到被害人倒臥此處，是吧？」

「是的。」雄太郎的口氣變得急迫。「不信的話，可以問問那個老郵差。」

「哦，原來如此。所以說，從這裡望去，應該看得到矗立在那邊的郵筒，是吧？如何？看得到嗎？」

雄太郎剎時臉色驟變。因為從他站的位置望去，根本看不見那個郵筒！只能看到比郵筒離這裡再近一點，在昏暗中發出朦朧藍白光的路燈；而且拐了個大彎的高聳石牆彷彿完全吞噬了郵筒，根本瞧不見半點身影。

蜂須賀巡警伸手搭著雄太郎的肩，聲音顫抖地問：

「你說，這到底是怎麼回事？」

四

因此之故，雄太郎幾乎整夜未闔眼地思索著，沒想到翌日一早又被蜂須賀巡警叫醒。非常不悅的雄太郎換上和服，步出房間。

「有點事想請你幫忙。」這位新來的巡警一邊下樓，突然口氣親切地說。

「我昨天也一整晚沒睡。後來我到處找那個叫賣商人，好不容易才找到喝得爛醉的他，結果又得到一個重大發現，不過這可是不能說出去的秘密……。兩名兇手是在犯案不久後，穿著木屐經過廚房後門那裡，踩踏到叫賣商人扔進去的廣告傳單。換句話說，那個踩踏的痕跡不是準備犯案時留下的，而是為了陷害那對雙胞胎，犯案後故意留下的恐怖詭計。雖然目前無法確定真兇是誰，但我確定秋森家那對雙胞胎絕對不是兇手！」

兩人步出公寓後，蜂須賀巡警突然面露憂色地說：

「問題是，局裡完全不理會我提出的疑點啊……畢竟鐵證如山，而且最糟的是調查發現那對雙胞胎兄弟和被殺的女管家之間有曖昧關係，真叫人驚訝啊！不曉得死者是為了錢財而和他們有曖昧？還是她本來就是個淫蕩的女人？總之，這般曖昧關係成了最有力的犯罪動機；雖然昨晚檢調主任在場時，我完全沒輒……但實在不想就此打退堂鼓。」

兩人來到秋森家門口。蜂須賀巡警從口袋掏出大捲尺，在雄太郎的協助下，希望能精準測量石牆造就的奇蹟。無奈試了好幾次，從郵筒這裡根本看不到被拐了個彎的石牆遮住的案發現場。同樣的，從被害人遇害地點也看不見郵筒。蜂須賀巡警終於忍不住扔了捲尺，說道：

「吉田先生，我再問你一次，也是最後一次。就當是幫我的忙，坦白說吧。你和那位郵差真的是站在郵筒旁目睹凶案現場嗎？」

蜂須賀巡警這番執拗的質問讓雄太郎不禁惱火，拚命忍住的他吐出和昨晚一樣的回答。

「嗯，果然是這樣啊……對你有所懷疑，抱歉。」蜂須賀巡警收起捲尺，這麼說。「也就是說，這堵石牆在那時至少往道路方向偏移三尺……這怎麼可能……謝謝你的協助。」

蜂須賀巡警向雄太郎道謝後，又說：

「這案子或許會牽扯到身為證人應負之責，請你要有心理準備。」

語畢，隨即一臉沮喪地離去。

——這下子麻煩啦！雄太郎嘆氣。莫非……是我看錯？不，不可能。但未免太奇怪了。況且蜂須賀巡警說秋森家雙胞胎不是兇手。那，兇手究竟是誰？誰是主謀？誰又是共犯？難不成有另一對雙胞胎？還是……。

雄太郎對於難解之謎不再感興趣，應該說，開始覺得毛骨悚然，也對蜂須賀巡警撂下的那番話氣憤不已。

——什麼叫做證人應負之責？可惡！真是飛來橫禍。雄太郎悶頭苦思，卻思索不出任何解決方法。於是，領悟到自己能力有限的他開始思索該向誰求教。

——有了！青山喬介！

雄太郎猛然想起最近經常來自己就讀學校授課的奇妙男子。

——沒錯。聽說他幫忙解決過好幾樁案子，告訴他事情的來龍去脈，或許他願意幫忙。

於是，這天雄太郎下課後，趕緊拜訪青山喬介。

「這案子不是已經解決了嗎？」

這麼說的喬介態度冷淡地請雄太郎入座。不過，當雄太郎說出身為證人的自己目睹的經過，還有蜂須賀巡警認為兇手另有其人，以及石牆前發生的奇妙現象後，只見青山喬介頗感興趣似的身子往前探，還問了兩、三個問題，隨即閉目沉思半晌後站起來，「我明白了。這忙我幫了。看來的確如蜂須賀巡警所言，兇手並非秋森家的雙胞胎兄弟……你問我誰才是兇手？待明晚就能揭曉了。」

五

翌日一整天對雄太郎而言，簡直度日如年，彷彿時針停止般，好不容易熬到天黑的他吃過晚膳，立即出門。

青山喬介坐在搖椅上，等著雄太郎來訪。

「今天我和蜂須賀巡警碰面，看來他前途無量啊！」喬介說。「這男人肯定會因為這案子升官囉。」

「意思是，知道真兇是誰？」

「當然啦！昨晚聽你敘述時，我就有個頭緒了。所以沒什麼好驚訝囉。其實整起事情本來就很簡單啊！也就是說，在單行道的情況下，你和老郵差一起追兇手，然後看到管家從另一頭走來，卻沒看到兇手，後來在兇手唯一可以逃脫的路徑，也就是秋森家後門發現兇手留下的腳印。問題是，如果腳印是案發後留下來的，這又是什麼情形呢？」

「……兇手那時並未從後門進屋？」

「沒錯。但你們三個人在石牆外……這樣明白嗎？」

「好像明白……又好像不明白……」

「真是遲鈍啊……兇手就在石牆外啊！意思是，兇手就在你們三人當中！」

——開什麼玩笑啊！雄太郎不由得想大吼，卻被喬介的話語給壓了下來。

「你們當中一定有人犯案後，從叫賣商人自後門扔進廣告傳單，到蜂須賀巡警獲報趕抵現場的這段時間從後門進入宅邸，不是嗎？這傢伙就是兇手！」

「所以說，戶川管家是兇手？」

「是的。對了，戶川在宅邸待了多久呢？」

「大概五分鐘吧？可是他放下手提袋後，立刻……」

「關鍵就在於那個手提袋。今天我和蜂須賀一起勘查，發現袋子裡塞著白色浴衣和黑色細腰帶。也就是說，戶川趁大家都在午睡時，打電話誘老婆出來，當著你們兩位證人面前，用事先準備好沾有雙胞胎兄弟指紋的凶器刺殺老婆，然後在你們看不到的轉角地方脫掉浴衣，塞進手提袋，再利用將手提袋放回宅邸的時候趕緊故佈疑陣，叫醒女傭。總之，案情始末就是這麼簡單。秋森家雙胞胎與女管家的曖昧關係讓警方認定這是犯罪動機，我倒很自然地想到被害人的丈夫戶川彌行才是兇手。」

「那麼，另外一位共犯是……？」

「共犯？從頭到尾都沒共犯啊！」

「等等。你是覺得我眼花嗎？我的確看到有兩個人……」

「也難怪你會不高興啦！你所謂的共犯其實是那道石牆創造出來的奇蹟。而且兇手就是因為發現這個奇蹟，才故意當著你們面前，尤其是像郵差那樣固定時間出現的人面前擬了這個巧妙的犯罪計畫。啊、你怎麼了？頭痛嗎？也難怪啦！那道石牆的奇蹟確實令人費解，不過我大概有個底了。可能用口頭說明很難說服吧。再給我兩、三天的時間。我現在得趕赴警局一趟。」

三天後，青山喬介解開了讓雄太郎頭痛的謎團。

這天恰巧和案發當天一樣，天氣非常酷熱。喬介、雄太郎與蜂須賀巡警，頂著午後兩點半的艷陽，走在秋森家旁邊的路上。

不久，來到轉角處時，喬介開口：

「現在開始實驗吧。希望能一舉成功。現在我們沿著這堵石牆走到秋森家大門，也就是死者遇害地點。當我們走到那裡時，如果我們能夠看到前方有著那個應該看不到的郵筒，就算解開奇蹟之謎了。明白了嗎？走吧。」

雄太郎和蜂須賀巡警一頭霧水地向前邁步。三十尺、六十尺、九十尺……

距離秋森家大門還剩三十尺、二十四尺、十八尺……。天啊，出現奇蹟了！

明明離遇害地點還有將近十八尺遠，卻在離轉彎處一百八十尺遠的地方看見公寓前的紅色郵筒；然後，隨著三人繼續往前走，郵筒逐漸與石牆隔出一小段距離，這是怎麼回事？看起來像是兩個郵筒重疊，就像看到另一個一模一樣的郵筒出現似的。待三人來到大門口時，離這裡約一百八十尺遠的地方竟然並排著兩個郵筒。熊太郎頓覺一陣暈眩，不由得閉眼。

這時，喬介突然開口：

「你們看，雙胞胎郵差來了。」

穿著綠色制服，背著黑色大包包的雙胞胎郵差從郵筒那邊朝這裡走來！但不可思議的是，隨著雙胞胎郵差的身影愈來愈大，開始逐漸重疊、合而為一；不一會兒，只見老郵差雙眼圓瞪，怔怔地望著他們三個人。

「啊！原來是海市蜃樓啊！」雄太郎突然大叫。

「嗯，這答案雖沒命中，亦不遠矣。」喬介說。「也就是說，這是一種空氣折射作用所致。空氣的密度依溫度不同，會產生局部變化，光線曲折，也才能看到從某個角度應該看不到的影像，就是所謂的幻象或海市蜃樓囉。剛剛看到的算是小規模的。

今天和發生慘案的那天一樣酷熱，所以這堵朝南的新建大石牆，因為受到來自對面空地的反射熱，還有石牆本身的長度、高度等各種條件，牆面溫度變得更高，促使沿著石牆一帶的空氣密度產生變化。於是，從我們站的位置到那座郵筒附近的光線在空中反射、彎曲，造就出『石牆奇蹟』。」

喬介用下巴指了指郵差，笑著說：

「呵呵……你們看，往我們這兒走來的郵差先生已經不是雙胞胎了。他肯定也看到發生在我們身上的『石牆奇蹟』，才會那麼吃驚吧。總之，再過三十分鐘，待石牆溫度降低，少了一個形成這種罕見奇觀的複雜條件，從這裡就看不到郵筒了。這麼一來，你的頭就不會疼囉。」

瘋狂機關車

那麼，為了能在短短的停車時間內，以不同凶器幾乎同時殺害兩人，意味著兇手如果不是兩個人，就是利用某種特殊方法殺人。

一

一接到前幾天在日本犯罪研究學會創立典禮上，偶然結識的M警局內木檢調主任告知發生奇妙凶殺案的來電時，正在冷颼颼旅館中做著午夜美夢的青山喬介與我立刻穿上防水風衣，頂著拂面寒風，沿著鐵道趕往案發現場。

那是發生在淒烈暴風雪的夜晚。

雖然雪已經停了。卻依舊吹起陣陣刺骨寒風，無盡黑暗中，遠方大海似是波濤洶湧，拍打著南邊距離此處約五公里遠的廢棄海港防波堤，發出巨浪聲響夾雜著淒厲風聲，讓快步走在積滿雪鐵軌旁的我們就連自己的腳步聲也聽不見。

不久，瞥見前方亮起綠燈，接著是無數奇妙白光照在被雪掩沒的鐵軌上，反射出耀眼光芒。不一會兒，我們抵達W車站。

在紅、綠、橙等各種信號燈的環繞下，清楚看見車輛調度廠的鐘塔在照明燈照射下，指針指著四點十分。檢調主任與法醫在燈火通明的車站大廳迎接我們，隨即帶著我們走過處理貨物的專用月臺，直接前往案發現場。

這地方位於W車站西邊，夾在下行主線與下行一號線之間，矗立著紅黑色鐵製水塔的昏暗處，被害人陳屍於供水塔與下行一號線之間寬約四英呎的狹窄處，由幾名員警與站務員留守案發現場。

死者身穿藍色工作服，平頭、身形壯碩的男子，雙膝微屈呈大字形，右手握拳，左手像在扒抓地面，趴臥於與鐵軌平行，覆著一層薄雪的地面。有如雪般慘白的頭部一帶滲出黑血，繫繩成了鬚狀的工作帽掉落一旁。

蹲在屍體旁的法醫朝我們使了個眼色，示意我們可以走近。

「因為氣溫的關係，屍體僵硬得比較快，但我研判應該三、四十分鐘前才斷氣。明顯是他殺，死因是因為後腦遭重擊，導致腦震盪。你們看這傷口，是一道沿著脊椎，稍稍裂開的挫傷，有少量出血。從這傷口以及後腦下方的骨折來看，兇手應該是持寬約零點八公分，長約五公分的鈍器，好比前端分岔的扒灰棒之類的東西，從後方用力毆擊。」

「沒有其他傷口嗎？」喬介問。

「沒有。死者的臉部、手掌等部位是有輕微的表皮脫落、出血，但並非致命傷。」

喬介湊近屍體，用手電筒照著死者後腦杓的致命傷，仔細觀察一會兒後，指著傷口一帶的髮際，問法醫：

「這裡沾著一點點像是白色粉末的東西。是什麼？沙子嗎？」

「是的，地上的沙子，凶器上頭大概殘留著沙子吧。」

「原來如此。不過，我覺得還是調查一下比較好。」這麼說的喬介看向站務員們，問道：「請問有顯微鏡嗎？要是有五倍倍率以上的就太好了。」

只見站在我身旁這位身形圓滾，蓄著山羊鬍的副站長馬上吩咐一旁的站務員去醫務室取來。

喬介一邊檢視被害人緊握的右手，以及稍稍屈膝呈大字形的雙腳，不時疑惑地偏著頭；過了一會兒，他站起來對正在和部屬商量什麼事的內木檢調主任說：

「想聽聽您的看法。」

面對喬介這番話，檢調主任笑著說：

「您客氣了。我們才需要您的協助。剛才已經先做了一些調查，那我就說些重點吧。其實也不能說是重點啦！總之，現場沒有發現任何關於兇手的蛛絲馬跡。如您所知，直到推定的犯案時間為止，這雪都沒停過。接獲通報後，急忙趕來的檢警們也非常仔細勘查現場，我很相信部屬們的能力。雪地上不但沒有留下任何兇手的腳印，也沒有死者的腳印。所以我們做了最簡單也是最合理的推斷，那就是死者是在經過這裡的下行一號線機關車上，遭人持扒灰棒重擊後推落，請你看看能夠證實這推斷無誤的線索。」

檢調主任語畢，將手電筒照向鐵軌與屍體之間的路面。離鐵軌約莫二英呎遠，積著一層薄雪的地上有一排血滴。最前面，也就是第一滴血距離陳屍處約五英呎遠，且偏東邊；還有幾滴血似乎是從曾停靠在那裡的機關車地板滴落，在雪地上形成拳頭大小的血漬。此外，隨著血滴偏西散佈約二英呎、三英呎，血滴的間隔也以一英吋、二英吋的距離逐漸拉開；不久，這些血滴又被掩沒於昏暗中。內木檢調主任指著血滴散佈之處，再次主張這樁凶案肯定是在機關車停靠加水時發生的。

喬介邊聽邊頷首，然後看向站務員們，請他們說明發現屍體的經過情形，以及被害人的身分背景。

只見一位身穿橡膠材質工作服，像是電工技師的男子主動出聲，詳細說明自己在凌晨四點二十分左右，因為交班的關係，從配電室沿著下行一號線鐵軌回站途中，發現倒臥此處的屍體，隨即通報站務員，並說自己不認識，也沒見過死者。接著是一直站在副站長身旁，雙頰凹陷，身形瘦削，雙手始終插口袋的站長說明死者是離W車站東邊約四十八公里遠的H車站機關車庫新進人員，但不清楚他的名字和背景，已經致電H車站，請他們派人前來指認。

這時，站務員取來顯微鏡。在燈光照射下，喬介接過後，微笑地將顯微鏡遞給法醫，請他鑑定一下傷口沾上的沙子，然後回頭對站長說：

「我想請教一件事，那就是關於推斷案發時間，也就是一個鐘頭前，通過南下一號線的列車。」

只見蓄著山羊鬍的副站長主動回應：

「說到列車，或許外行人聽來會覺得有點奇怪吧。剛好那時候有一輛臨時加開的長程單行機關車因為作業所需，從H機關車庫經由這裡開往調度場。因為是輛輪替用的水櫃式蒸氣機關車，記得是二四〇〇型七三號。一如各位所知，臨時的單行機關車並沒有標準速限，也沒有強制停車的閉鎖裝置；換句話說，只要保持安全行駛，容許有些時間上的誤差，所以目前無法準確告知這輛七三號水櫃式蒸氣機關車通過月台的時刻，但我覺得應該就是落在三點三十分前後吧。此外，這輛機關車之所以行經下行一號線，是因為下行主線那時剛好有輛貨用列車靠站。」

「意思是，那輛蒸氣機關車通過車站後，曾暫時停在這裡囉？」喬介插話。

「是的。我想應該有人知道，水櫃式機關車和其他機關車不一樣，並沒有附掛一台煤水車，只是在車頭主體區隔出一個煤爐，所以行駛H．N之間這種將近九十六公里單行長距離時，必須靠站補充煤炭和水，所以七三號絕對會在這裡停車，而且會利用這個給水塔補充水，再從那邊的儲煤臺補給煤炭。」

蓄著山羊鬍的副站長說完後，指著供水塔東側，同樣是沿著鐵軌設置高約十三、四呎，長約六十呎的黑色大型儲煤臺。

喬介向副站長頷首道謝後，走到蹲在檢調主任對面，手持顯微鏡的法醫身旁，輕搭他的肩，「如何？觀察到什麼嗎？」問道。

法醫沒回話，過了一會兒才緩緩起身，打了個大呵欠後擦拭眼鏡鏡片，說道：

「有啊。還含有好幾種成分呢！首先是被大量玻璃質包覆的鹼長石、雲母角閃石、輝石等各種細微碎片，以及極少量的石英、橄欖岩、類似長石的物質——」

「什麼？橄欖岩和類似長石的物質？是喔……還有石英？」

「極少量。」

「居然都判斷得出來，太厲害了。不過……還真是不尋常啊……」喬介又陷入沉思，半晌突然抬起頭，看向副站長，

「這車站附近的鐵軌有鋪設粗岩石的路段嗎？」問道。

電工技師代替副站長回應這問題：

「離這裡約五公里遠的東邊，也就是發電廠附近有一處山壁切口，山壁切口露出的部分就是粗岩石，所以只有那段是就地取材，鋪設碎粗石。」

「是喔。所以說，那裡也在你們的維修範圍囉？」

「是的。」這次換副站長回應。

「那麼，最近那裡有進行什麼路面維修工程嗎？」

「有。昨天和前天，這兩天有五名工務員在那裡施工。」副站長說。

瞬間，喬介眼睛一亮，說道：

「我知道了。凶器是鶴嘴鋤！」喬介微笑環視一臉詫異的眾人，說道：

「而且是貴站的公用器具。」

二

雖然喬介的推論令我啞口無言，但眼前還是清楚浮現刀刃一端猶如鶴嘴般開叉，長約五公分的凶器——那是隔著車窗，經常可見工人維修鐵軌時用的工具。內木檢調主任似乎和我一樣吃驚，只見他雙眼圓瞪，不安地看向法醫。雙手一直插口袋，沉默不語、身形瘦削、顴骨突出的站長語氣熱切地對喬介說：

「單憑傷口沾著那些礦物碎片，就推斷凶器是鶴嘴鋤，不覺得有點草率嗎？如各位所知，就理論上來說，稜角尖銳的碎石最適合用來鋪設路基，但因為成本高，國內通常不會考慮，主要是以精選砂石來替代；但其實成本還是偏高，所以為了降低成本，通常是下方先鋪上細砂石，上面再鋪上精選砂石，這是一種取巧方法。H車站附近有好幾處這種在下方的細砂石摻入石英粗岩碎片的路基，也就是只有表面是精選砂石，其實下方是混著石英粗岩的細砂石鋪成的路基。」

站長說完後，直瞅著喬介。喬介仍舊一派從容地說：

「石英粗岩嗎？哦，頗重要的一項參考情報。但您別忘了，雖然石英粗岩與粗岩一樣都是火成岩中的火山岩，卻是完全不同的岩石。也就是說，粗岩與石英粗岩不一樣，粗岩含有的石英成分相當很少，反而含有橄欖岩、類似長石的成分，而且日本國內很少有這種岩石，算是非常罕見的替代品。」

站長微微點了兩三下頭之後，便不再開口。

喬介看向檢調主任，說道：

「畢竟鶴嘴鋤不是小東西，請你派人在附近找找，如果凶手丟棄的話，肯定能找到。」

檢調主任命令兩名警官搜索凶器。

喬介偷偷朝我招手。於是，我們拿著手電筒，沿著檢調主任指出的鐵軌旁血跡，走向車站西側。

約莫走了二十公尺，喬介突然停下腳步，回過頭，用下巴指了指站在供水塔下方，指示下屬的檢調主任。

「檢調主任的說法，至少與屍體有關的部分大致無誤。也就是說，屍體遭人從水櫃式蒸汽機關車七三號推落，這些血跡也是從七三號的駕駛室地板邊緣，也就是停車加水時滴落的。此外，檢調主任似乎認為與被害人同車的車務人員，至少一、兩位有嫌疑，其實這推論很直接也沒錯啦！但在作出這些推論之前，讓我更感興趣的是屍體的雙腿為何張開？還有右手握拳。而且啊，你回想一下屍體的傷口，那是因為重擊而導致的挫傷與骨折，所以絕對不可能大量出血，可是從車頭駕駛室滴落的血跡卻延續了好一段距離，甚至朝西邊延續著，我們就沿著這血跡一直走下去，看看延續到哪裡吧。」

喬介再次邁步前行，不由得顫了一下的我趕緊跟上他。

暴風雪已然停歇，但因為周遭沒什麼建築物，所以走在四周空蕩的鐵軌旁，陣陣寒風依舊襲來。喬介一邊走，一邊不知嘟噥什麼；過了一會兒，才對我說：

「你看這些血跡。滴落的量並沒有什麼改變，血滴的間隔卻變成兩公尺多。我從剛才就注意到間隔逐漸拉大，而且改變的速度很快。也就是說，七三號機關車從那座供水塔以非常快的速度駛離。問題是，根據我的認知，輪替用的水櫃式機關車車頭雖然牽引力比較大，但速度遠比載客用的機關車慢多了。更何況在轉轍器與急轉彎很多的這個站區，高速駛離根本違法，所以七三號不尋常的駕駛方式就是解開這樁事件的有力謎團之一。」

我邊走，邊插話：

「如果積留在機關車駕駛座地板上的血量減少，就算滴落的量差不多，間隔也會隨著車速突然變快而拉長，不是嗎？」

「哦，你的腦子變得靈活多了。確實像你說的，如果血量逐漸減少，不久就會滴完才對。我們繼續走下去吧。看是你的說法正確，還是我的可怕預感命中……」

我們懷著亢奮心情，繼續前行。

已經來到靠近W車站的西側，長達兩百公尺的鐵軌朝左拐了個大彎。我們拿著手電筒，沿著下行一號線，循著血跡往前走。儘管陣陣寒風迎面撲來，我的鼻頭卻開始出油、冒汗。

看來我和喬介的交手，我徹底敗北。

如喬介的推測，鐵軌旁的血跡並未消失。七三號機關車明顯是急速行駛，但到了這一帶依舊有血跡，只是間隔拉大為五、六公尺。當我們快走到轉彎處盡頭時，在下行一號線銜接下行主線的轉轍器西側，發現第二具死狀詭異的屍體。

三

這具屍體也是身穿藍色工作服，戴著工作帽，很明顯是七三號的正駕駛。屍體被丟在積滿細雪，鐵軌旁的砂石地面，周遭成了一片血海。

我馬上轉身往回跑。當我帶著檢調主任和法醫回來時，喬介已經蹲下來，仔細檢視屍體。

根據喬介與法醫的驗屍結果顯示，第二具屍體和第一具屍體的遇害時間幾乎相同，致命傷是以短刀之類的凶器從身後刺入第六胸椎與第七胸椎之間，深達左肺。此外，還有疑似屍體被拋下車時，造成顱骨後方的毆傷與裂傷，以及全身多處擦傷。

我們幫忙在附近搜尋凶器，卻始終找不到，而且鐵軌旁的血跡也到此為止。

檢調主任可能因為第二具屍體出現，推論徹底被推翻而顯得沮喪不已。只見他沉默半晌後，想起甚麼似的從路旁拿起一把應該是剛剛帶過來的鶴嘴鋤，遞向喬介。

「果然找到了。是這個吧？用來殺人的凶器。這東西被扔在儲炭臺與東邊照明室之間的狹窄地面。用顯微鏡檢視鶴嘴型的刀刃尖端，發現沾附在屍體傷口上的砂石；另外，兇手可能戴手套犯案，所以握柄上採集不到指紋。」

喬介頷首，接過鶴嘴鋤，詳細端詳，發現靠近握柄的地方有個小指大小的洞，隨即直盯著這個洞有好一會兒後，問一旁的副站長：

「這個洞是做什麼用的？」

「不清楚……」

「貴站有握刀柄開洞的鶴嘴鋤嗎？」

「應該沒有……」

「嗯，明白。也是啦！因為這是剛打不久的洞。」喬介又陷入沉思。

不久，有名站務員從車站那裡奔來，告知H機關車庫的人已來指認屍體。

檢調主人馬上打起精神，指派一位員警留守現場後，便率先往回走，我們也緊隨在後。

當我們回到供水塔的第一案發現場時，駕駛貨運車的三名機關車庫人員已經指認過屍體，正在一旁抽菸。其中一位貌似主管的男子見到晃著肥胖身軀，比我們晚到一步的副站長，立即起身說道：

「不得了啊！死者確實是七三號的副駕駛士屋良平。」

「嗯。那麼，誰是正駕駛？」

「正駕駛嗎？名叫井上順三。」

「是喔。他也遇害了。」

副站長這句話讓機關車庫主任、站長面色驟白。另一位機關車庫的工作人員馬上奔向第二案發現場，指認屍體。

檢調主任訊問機關車庫主任：

「七三號水櫃式機關車是幾點從車庫發車？」

「凌晨二點四十分。」

「哦～所以說，三點半通過這裡……中途沒有停車，對吧？」

「當然。在這裡靠站補充水和煤炭之後，便直接行駛到九十六里外的N調度廠。」

「是喔。車上有幾位車務員？」

「兩位。」

「兩位？不是三位嗎？」

「不、不可能。原則上，車上只有正駕駛與副駕駛。」

「你錯了。還有一個人違規待在車上。」檢調主任這麼說之後，趕緊對站長說：「請你馬上打電話到N車站，要求逮捕那個人，車子應該已經駛進N調度廠。」

只見一直保持沉默的喬介突然笑出聲，說道：

「別開玩笑啦！這模樣根本不像平常的你。如果我是兇手，會在還沒到N車站之前就棄車逃逸了。所以你的推斷完全錯誤。假設兇手在車子從H車站出發時，就一直待在車上的話，就算他能將殺害第一具屍體的凶器，也就是貴站用來維修路基的公物工具扔在照明室與儲炭臺之間的空隙，那他又是從哪裡取得凶器呢？又假設他有辦法取得，但兇手何必趁著車子靠站補給時，殺害兩名駕駛呢？兇手如果也在車上，根本沒必要在這種地方下手，反正車子在暴風雪中奔馳，適合下手行兇的地方多的是。

只能說，這樁案子比你想像得有趣多了。關於這一點，有很多的謎可以佐證。譬如，第一具屍體呈現奇妙的僵硬姿勢，鶴嘴鋤的握柄開了個奇怪的洞，還有七三號突然高速發車，以及這兩具屍體是遭不同凶器殺害等。如果從最後一個謎團開始解析，也就是殺害兩具屍體的凶器不同這一點來看的話，就能分成兇手是在不同時間點殺害兩人，以及兇手利用某種方法在同一時間殺害兩人；但前者的可能性是根據第二具屍體滴落的血跡是從第一具屍體陳屍現場開始滴落這一點來看，而且車子靠站的時間並不久，加上驗屍結果顯示兩具屍體的遇害時間一致等，前者的可能性顯然被推翻，所以兩位被害人應該是同時遇害。

那麼，為了能在短短的停車時間內，以不同凶器幾乎同時殺害兩人，意味著兇手如果不是兩個人，就是利用某種特殊方法殺人。不過，我想再添個待解的謎團，那就是鶴嘴鋤的握柄前端開了個洞，依此假設兇手只有一個人，卻必須獨力同時殺害兩個人的詭計，也就是凶器的特殊使用方法，這是我一直思考的點。

不過，在我開始說明推論結果之前，想先提醒一下車站工作人員，兇手是獨自在車子來到這裡靠站時，為了行兇而上車，犯案後隨即下車。也就是說，水櫃式機關車七三號從這裡高速發車時，兇手早已不在車上。」

只見始終默默聽聞喬介說明的副站長突然笑出聲，說道：

「怎、怎麼可能啊！如果是這樣的話，車子不就在無人駕駛的情況下疾駛嗎？這、這可是不得的事啊！」

下顎突出的他雙眼圓瞠，一副輕蔑喬介的模樣；但不一會兒，他的臉色越發蒼白。

四

站長似乎和副站長一樣震驚，只見穿著大衣，面色蒼白的他有如烏龜般縮著頭和四肢，隨即走向車站。

一派從容的喬介冷冷地問副站長：

「當時，本站還有和七三號同款的車頭嗎？」

副站長有點不悅地回應：

「另一條鐵軌停了兩輛……要做什麼嗎？」

「我要實地勘查，還請借我們一輛，讓機關車頭和當時七三號一樣從這條一號線駛過來。」

於是，副站長一臉疑惑地跑去準備。

不久，便看到一號線上有輛二四〇〇型水櫃式機關車噴出大量蒸汽，活塞桿和曲軸發出陣陣巨響朝我們駛來。然後，依據喬介的指示，機關車停在駕駛室地板正好位於開始發現血跡的位置。喬介登上供水塔靠鐵軌這一側的梯子，指著從塔側突出的一根直徑約一公分，長約零點六公尺的鐵棒，詢問站在下方的副站長：

「這是做什麼用的？」

「喔、你面前不是有個連接水塔開關閥的長鏈嗎？那個是以前用來當作鏈條的支撐桿。」

「原來如此。對了，可以幫忙拿那支鶴嘴鋤給我嗎？」

副站長戰戰兢兢地將鶴嘴鋤遞給喬介。

喬介接過鶴嘴鋤，將握柄前端的孔對準鐵桿前端，用力一按，鶴嘴鋤就這樣垂掛在鐵桿上。喬介一邊稍微往上登個幾階，一邊握住鋤柄，以洞孔為中心點扭轉。當鋤頭的刀刃接近垂直時，將刀刃與握柄的接合處勾在突出的另一根生鏽鐵桿上；最後再將綁在連接水箱開閥的長鏈，也就是第二根鐵桿上頭那條又粗又短，形狀彎得很奇怪的鐵絲勾在同一根鐵桿的中間。

一切佈置妥當後，喬介下了梯子，走進停在指示位置的機關車駕駛室，拿了一把添煤用的鏟子，沿著鍋爐走到供水塔梯子那邊，用力一腳踩在供水塔的踏腳臺，雙腳呈大字形跨站於機關車與供水塔之間。

「好了。開始進行實驗吧。首先，把我假設是這樁案子的第一位不幸遇害者土屋良平。並不曉得頭上有此可怕裝置的他為了給七三號機關車加水，以我這樣的姿勢把懸掛在這裡的供水口接在車頭側邊的接口，然後為了打開水塔的開關閥，用右手握著這條長鏈，用力一拉——」

喬介真的使力拉鏈條，只見鶴嘴鋤以驚人速度在空中畫著半圓，襲向喬介的後腦杓。只見他迅速扭轉上半身，將左手拿著的鏟子高舉至頭部位置。

隨著嘰的尖銳聲響，鏟子彈飛到我們面前，我們總算鬆了一口氣。

喬介完成實地勘查完後，讓車子駛離。只見他一邊拍掉手上的髒污，走向我們。蓄著山羊鬍的副站長隨即以顫抖聲音問道：

「根據你的說法，兇手到底從哪裡來？根本沒路可循，不是嗎？」

「當然有。」

「在、在哪裡？」

喬介指著上方。

「從這座供水塔的塔頂。你看，只要是身形稍微嬌小一點的男人就能從塔頂走到供水塔、儲炭臺、照明室、甚至是貨物專用月台，各個地方不是嗎？」這麼說。

我詫異不已。被喬介這麼一說，我才注意到四座建築物的高度雖然有三、四尺的差異，卻緊靠成一排，彷彿一輛巨大貨用列車停在昏暗的車站腹地，所以像我這般身形嬌小的人也能循這路徑來去自如。

「不過，案發前下過雪就是了。」

這麼說的喬介又爬上供水塔的梯子。檢調主任與副站長登上靠主線那一側的梯子，我則是緊跟在喬介身後，登上靠第一線這側的梯子。

我們迅速登上距離地面不到二十英呎的塔頂。發現積著薄雪的圓錐形鐵蓋上有著無數大腳印、掌印，還有拖著鶴嘴鋤的雜沓痕跡。

喬介立刻爬上鐵蓋。其實，如果不是爬上去的話，一不小心就會掉下去。我們開始勘查留在上頭的無數腳印。

神情亢奮的副站長咬著唇，和檢調主任一起站在另一側的梯子上，瞅著喬介的一舉一動，忍不住開口問：

「所以說，兇手是從這裡沿著梯子移動到車上，行凶後下車離去囉？是這樣沒錯吧？」

喬介笑著回道：

「你為什麼一直朝這方向解釋呢？你看，這些腳印是來自積著煤炭堆的儲炭臺，然後走到靠一號線的梯子，再往回走，不是嗎？」

副駕駛睜著佈滿血絲的雙眼，循著喬介指的方向望去。只見他突然渾身發抖，趕緊瞄了一眼手錶，用顫抖的聲音說：

「糟了……這下子慘了……」

他臉色蒼白，趕緊下梯子，叫來維修人員、機關車庫主任等，告知他們無人駕駛的七三號機關車恐怕已經在終點N車站釀成重大車禍，以及責任歸屬問題之類，眾人當下亂成一團。

五

另一方面，喬介專注勘查留在鐵蓋上的腳印後，對我和檢調主任說：

「現在說明一下我推斷的行凶過程吧。首先，拿著鶴嘴鋤的兇手從那邊的貨物專用月臺屋頂，經過照明室、儲炭臺來到這裡，再用鶴嘴鋤佈置成剛才實驗的殺人機關後，隨即像蝙蝠一樣趴在梯子上等待車子到來。不久車子駛來，兇手迅速從梯子跳到車上，然後小心翼翼地不被駕駛員發現，從鍋爐前方匍匐前進到另一側車身。這時，副駕駛土屋良平完全不知情地開始進行補給作業，就這樣被那個可怕的機關裝置擊中，趴倒在地。這時，駕駛座裡的井上順三聽到聲響，嚇得從車窗探出半個身子察看究竟。沒錯，蹲在另一側的兇手瞬間衝進駕駛室，用短刀之類的凶器從後面刺殺井上。」

始終默默聽著的檢調主任霎時蹙眉，說道：

「你的意思是……兇手駕駛機關車？」

「當然。在這情況下，車子總不可能自己行駛吧。所以兇手一定懂得如何駕駛機關車，行兇後再次從車子跳到這邊的梯子，迅速拉起啟動桿，將加速器固定在最高速度，然後從供水塔奔回貨物專用月臺，再沿著屋頂逃離，順手將鶴嘴鋤扔在儲炭臺與照明室之間的空地。另一方面，倒臥駕駛室地板的井上順三屍體因為車子加速與彎道的離心力法則，就這樣被甩出車外。

但這裡有個問題，那就是兇手為何行兇後要發動車子？在探討這個問題之前，我先說一個新發現。」

喬介語帶興奮地說：

「你們看這鐵蓋，當時兇手一定也和我們一樣匍匐前行，而且是把沉重的鶴嘴鋤先往前扔，再慢慢往前爬。但你們看，兇手留下的掌印只有右掌，找不到左掌印，是吧。也就是說，兇手是個只有右手的男子！」

喬介瞅了一眼怔怔的我們，隨即下梯，然後問慌成一團的副站長：

「貴站的工作人員當中，有缺了左手的男子嗎？」

「什麼！缺了左手的男子？」

只見副站長臉色驟變，露出驚恐眼神，渾身顫抖得半晌說不出話來。

「有、的確有。」

「誰？」喬介微笑問道。「那個……就是……」

副站長突然壓低聲音，說道：

「就是站、站長。」

我瞠目結舌。

頓時覺得一臉得意，點了一根菸的喬介可真惹人厭啊！

檢調主任立即帶著幾位屬下，奔向站長室。

不一會兒，檢調主任激動地奔回來。

「遲了一步！站長用短刀自殺了！」

「自殺？真是功虧一簣啊！」

這次連喬介都驚訝不已。

飽受驚嚇的副站長與車庫主任連滾帶爬似的奔向車站。

驚訝不已的我待喬介情緒稍稍平復後，詢問這樁案子的殺人動機。

喬介沉痛地回了句：「我想，應該是為了報仇吧。」便不再多說什麼。

這時，副站長和車庫主任激動地回來。副站長對喬介說：

「我快瘋了！總之，你們趕快坐上搬運車，離開這裡。剛剛接到N車站的回電，原本應該抵達，不，是應該發生衝撞事故的七三號居然不見了！看來車子肯定在半路上就出事了！」

我們立刻坐上停在二號線的無頂蓋小型搬運車。

車子開始乘風疾馳。但是當車子行駛到西側大彎道終點附近，也就是指派一名員警留守第二具屍體陳屍現場時，喬介突然要求停車，對副站長說：

「七三號應該會經過這裡的交軌，從下行一號線轉向下行主線，是吧？」

「是啊！是這樣沒錯。」

喬介微笑說道：

「可是七三號並沒有經過交軌，轉向主線哦！請看陳屍位置。如果七三號經過交軌，在離心力法則沒被推翻的情況下，屍體絕對不會被甩落在彎道內側，也就是轉轍器的西側；而且更重要的是，請看這條一號線的延長線。你們看，這裡和交軌不同，軌道上並未積雪，不是嗎？肯定是站長在轉轍器上動了手腳，畢竟對他來說，這種事太簡單了。對了，這條線的終點有什麼嗎？」

「是攔阻車輛用的避難支線。當然也可以利用途中的轉轍器，連結通往五公里遠的廢棄碼頭的臨港線。」

「嗯。我們過去看看吧。」

在這裡切換轉轍器之後，我們搭乘的搬運車再次疾駛，循著沒有積雪的鐵軌一路前行，途中又切換一次圓形轉轍器，終於連結上早已鏽蝕的臨港線六十五磅軌道。

強風已歇，車子在曙光微露的昏暗中奔馳。

喬介用沉穩語氣對副站長說：

「這起事件大抵告一段落，最後想請教一個問題，站長是什麼時候失去一隻手？」

「大概半年前吧。他在監督調度作業時，不小心被機關車撞到。」

「嗯。記得那輛機關車的型號嗎？」

副站長偏著頭，像在喚醒那時的記憶，只見他突然驚詫回神，面容扭曲，用嘶啞低沉的聲音說：

「啊……就是二四〇〇，七三號！」

幾分鐘後——

出現在我們眼前的光景是，在那鋪設著鐵軌的荒廢碼頭前方，一望無垠的灰黑色大海吞噬了迎著朝陽微光，奄奄一息的吐著泡沫，遭站長報復的七三號機關車，閃耀七彩的機油逐漸朝四周擴散。

輯二

水產試驗所所長·東屋三郎 系列

死亡遊艇

東屋露出無奈苦笑，下了遊艇。他突然又瞅了一眼位於船尾的小船艙，走過去掀開蓋子窺看裡頭，隨即縮著上半身探入，拾起一個黑色大貝殼。

一

我們騎著馬在聽得到海潮聲的鄉間小路持續前行約一個小時，總算望見位於岬角的深谷船長宅邸。

突出於碧藍大海的綠色岬角前端，矗立著幾棟白色洋房，在陽光照耀下閃閃發光。左邊那棟較為突出，有著像是船橋般的屋頂陽臺應該就是主屋吧。

逐漸走近時，瞧見船艙風格的白色小屋，小屋旁聳立著塗成白色的細長柱子，挺拔伸向接近海色的青空。宅邸周遭沒有半棵樹木，只鋪著有如觸感良好的天鵝絨般美麗的綠色雜草，與這片像是玩具般的白色家園十分調和。隨著我們步步走近，發現這片綠色美景並非雜草，而是悉心照料的美麗草坪。

提到深谷宅邸的主人，聽說他十幾年前曾任職某家商船公司，專門跑歐洲航線的優秀船長；身家豐厚的他退休後，在這片杳無人跡的美麗海岸建造宅邸，打算過著平靜的隱居生活；但或許還無法忘卻長年待在海上的日子吧。所以選擇在這處有如海上孤島般荒涼之地，而且是向海突出的船形山岬上蓋了這個能聽見海潮聲的家。可惜我還沒機會認識這位隱居船長，卻先接到夫人打來的緊急電話，而有了這次造訪深谷家的機會。根據曾經兩、三次來我這裡取藥的深谷家僕人所言，深谷先生除了因為無法忘情與海為伍的生活，而建造這個奇特宅邸之外，從日常服裝到飲食也與海有關，甚至叮囑夫人、僕人們務必要求訪客尊稱他為「船長」，可說有著即便入地獄，也不改其心的執念。

這位已過了還曆之年的老紳士是位性格沉穩的寡言之人，不太關心家中之事，而且有個讓家人頗傷神的莫名怪癖，那就是身為遊艇狂的他不只從早到晚，駕著遊艇在自家附近海域巡來遊去。即便夜幕低垂，四周一片昏暗，籠罩著青白色海霧的寒冷夜晚，他也會在黑墨般昏暗的海邊漫步，對於家人的擔心一概充耳不聞。深谷家的僕人每次來我這邊拿的都是給主人服用的退燒藥，看來深谷老人肯定半夜又跑去海邊閒晃；雖然我一再要僕役轉告我的叮嚀與忠告，顯然老人並不理會我的醫囑。實在很擔心頑固的深谷船長會不會因此受傷而殞命，畢竟老人三更半夜跑出去亂晃實在很危險，何況聽說那一帶海域時常起夜霧，又有可怕的鯊魚出沒。我邊回想夫人打電話給我時的驚慌口氣，暗忖自己的預感怕是成真。總之，我們快馬加鞭趕赴深谷邸。

我們終於登上滿佈碎石子，美麗的暗棕色坡道。許久未碰面的水產試驗所所長東屋三郎恰巧週日來訪，起初他對於這趟出乎意料的遠行有些猶豫，但一路上聽了我對深谷先生的不甚詳盡說明，又看到位於山岬的奇妙深谷邸，在好奇心的驅使下，現在可是騎在我前頭。

我們騎乘的是俱樂部裡最優秀的馬匹，坡道比想像中來得平緩，所以不到十分鐘便抵達深谷家的大門。早已等在門口迎接的男僕將我們的馬兒栓在建築旁的陰涼處，隨即帶我們前往明亮的船艙風格會客室，與深谷夫人見面。

一身樸素黑色居家服，胸口別著銀製胸針的深谷夫人，是位看起來不到四十歲的年輕少婦。睜著水汪汪大眼睛的她以沉鬱口吻，向我們說明發生在丈夫身上的可怕災禍。

聽著夫人敘述的我，對於自己的預感成真一事，深感詫異。依夫人所言，深谷船長昨夜又駕艇出遊，未料今早卻成了一具冰冷遺骸，和他的愛艇在附近海域被人發現。基於醫師職責我催促夫人趕緊帶我去安置深谷船長遺體的房間，結果我在那裡發現這起意外令人倍感恐懼與驚訝的最初事實。

深谷船長的遺體除了一隻腳疑似遭鯊魚啃咬的血肉模糊之外，還發現他的部分頭蓋骨遭啤酒瓶之類的凶器重毆，留下明顯是他殺的痕跡。

深感驚訝的我力持鎮定的問夫人：

「是在遊艇上發現您丈夫的遺體嗎？」

只見夫人窺看我的表情，突然以戰戰兢兢的口氣回道：

「不是，是像掛在船尾的浮袋般，以粗繩掛在船邊，在海上漂浮。」

「是誰第一個發現遊艇？」我又問。

「一個叫早川的男僕。他發現白鮫號後，馬上游過去將遊艇開回來。醫師為何這麼問？」

「夫人，這件事非同小可。您先生昨晚幾點出門？」

「這個嘛……」夫人偏著她那蒼白小臉，露出不安神情。「什麼時候出去的啊……今早七點我去外子房間時，才發現他出門了。因為他常半夜駕艇出遊，也就沒怎麼在意……」

這時，東屋忍不住插嘴：

「冒昧請教，深谷先生為何半夜駕艇出遊？」

只見夫人一臉傷神地回道：

「這個嘛……這是他的興趣。」

隨即露出有些落寞，哭笑不得的表情。

「深谷先生都是獨自駕艇出遊嗎？」我問。

「是的……不過有時也會邀約家人一起出遊，那時就會有男僕跟隨，可是——」

「昨晚呢？」

「昨晚他獨自出遊。」

此時，有兩位紳士走進來，我們暫且閉口。深谷夫人起身，向我們介紹兩位紳士。

「這位是外子的朋友，黑塚先生。另一位是舍弟洋吉，請多指教。」

深谷船長的朋友黑塚先生是位看起來約莫四十幾歲，風度翩翩的洋派紳士。夫人的弟弟洋吉則是身形比黑塚嬌小，膚色白皙，感覺十分爽朗的年輕人。兩人皆穿著三件式白西裝，氣質不凡的紳士。

彼此客套寒暄後，我繼續請教深谷夫人一些事。

「請教一下，府上現在有哪些人呢？」

「加上他們兩位，還有女傭阿君、男僕早川，以及我們夫婦，一共六位。」夫人說。

我轉而問兩位紳士：

「不好意思，請問兩位長住於此嗎？」

「是的。啊、不對。」洋吉率先回應。「我住這裡已經住了一段時間，黑塚先生則是昨晚才抵達。」

「昨晚才抵達嗎？」這麼說的我又問夫人：「再請教您一次，昨晚您先生獨自駕艇出遊嗎？」

「嗯，是的。」這麼回應的夫人一臉焦慮地看著我。

我毅然決然地說：

「恕我向各位明說……看來這起意外不是我能擔負的事。深谷先生的死並非自身過失，必須立刻報警處理。」

只見面對我執拗詢問，從方才就一直惴惴不安的深谷夫人突然凝視前方，微微顫抖地發不出聲音。

兩位紳士似乎察覺情況不對，不宜待下去，趕緊步出房間。

莫名尷尬的沉默氛圍飄盪在我們三人之間。不一會兒，夫人像是下定決心似的抬起頭，一副打算坦白的模樣對我們說：

「我一直擔心可能會發生這種事……其實……外子昨晚有點不太對勁。」

「您的意思是？」我不由得反問。

「那個……我記得是廣播節目開始的時候吧。昨晚七點半、八點左右，外子一副坐立難安、心神不寧的樣子。」

夫人話語方歇，東屋插嘴問道：

「冒昧請教，那段時間有訪客來訪嗎？」

「沒有。」夫人蹙眉，回道。

東屋用下顎指了指門的方向，問道：

「剛剛那位黑塚先生不是昨夜來訪嗎？」

「他九點才來。」

「原來如此。那麼，您先生變得不對勁之前都沒和任何外人交談過囉？」

「是的。昨天郵差也沒送郵件過來，況且我家本來就很少有訪客。」

這麼說的深谷夫人露出一絲落寞神色，隨即又說：

「不過……肯定有什麼讓外子很擔心的事，與其說是擔心，或許該說是恐懼吧。因為他好像很苦惱似的窩在別館那邊的船艙書房有好一段時間，我很擔心，還偷偷去探了一下，聽到他喃喃自語不曉得在恐懼什麼似的。」

「他說了些什麼？」我不由得插嘴。

「我恰巧聽到外子像這樣敲桌子，先是嘶吼著：『明天下午、明天下午。』

又害怕似的低聲碎念：『一定會來這裡。』就只有這樣……。後來外子就迫不急待似的站起來，步出房間，撞見站在門外的我，馬上一臉不悅地用平常根本不會這麼說話的譏諷口氣，說什麼『這不是你們可以知道的事！』可是……醫生，我真的沒想到他會氣成那樣啊！

雖說抖這種家事真的很難為情……外子他啊，平常就是個脾氣古怪、彆扭的人，所以不敢頂撞他的我趕緊回房先睡了。沒想到……今早卻發生這種事……」

夫人的眼角浮現淚光，強忍哀慟地低著頭。

我和東屋互看一眼，隨即離開房間。

來到走廊時，我湊近東屋，這麼說：

「沒想到竟然會發生這種事啊！」

只見東屋思忖什麼似的悄聲回道：

「看來那個讓深谷如此恐懼的傢伙並非明日午後，而是今天抵達，且是昨晚就到這裡了。」

東屋這麼說之後，又突然說道：

「在警方趕抵之前應該還有些時間吧。因為通往這裡的路不是很好走，起碼得花上三個鐘頭。我們去看看遊艇吧。就是昨晚深谷出事時搭的那艘遊艇。我這個人啊，對這種事最感興趣了。」

這麼說的他搭著我的肩。

我本來就非那種好管閒事的傢伙，在東屋的唆使下，理性還是敵不過好奇心的驅使，回了句：「嗯，好。」

被洋吉先生拒絕的我們步出大門時，恰巧遇到男僕，於是請他帶我們步下山岬，來到浪花滔天的岩岸。

二

這時剛好可以望見午後退潮的光景，波光粼粼的小浪花靜靜地拍打岩石。深谷船長的白鮫號依舊桅杆矗立，張著風帆，停靠在小船屋旁的黑岩上。

那是一艘配備無線電的最新型遊艇，全長約七公尺，桅杆與船身皆塗成白色，造型洗練的三人座遊艇。染著紅白條紋相間的大桅帆下襬突出於桅杆後側，像攤開窗簾似的伸展著，在保持與船首的三角帆、風向呈同一角度的情況下，用粗繩穩穩固定。船舵以綁著浮袋的粗繩往左偏十度左右固定住，船舵的接縫處纏著些許綠色海草。

東屋指著繫於粗繩前端的浮袋，詢問男僕：

「你家主人的遺體是像這浮袋一樣，綁在船尾，是吧？」

「是、是的。」男僕回道。

東屋頷首說道：

「肯定和鯊魚有過一番搏鬥吧……。對了，你昨晚沒陪你家主人出航，是吧？」

男僕清楚確實的回應讓我頗滿意。東屋又問：

「你們家主人為何三更半夜駕艇出航？」

「想駕著快艇在附近晃晃吧。這是我家主人的興趣。」

「這興趣可真是特別呢！」

東屋語帶嘲諷地笑著這麼說，隨即踏上遊艇。

「警方抵達之前，你還是別碰現場為妙。」

無奈他不理會我的忠告，像個好奇的孩子在船上四處遊走，走到桅杆附近時，指著大桅帆下襬一小塊地方，說道：

「這裡沾著血，看來深谷果然是在遊艇上慘遭殺害。」

聽到這番話的我也湊近一瞧。原來如此。紅白條紋相間的帆布上有道疑似血的痕跡。只見東屋索性開始察看遊艇地板，不一會兒他將從船板縫隙撿到的玻璃碎片遞給我看。

「看來凶器是玻璃瓶啊！」我說。

他拍拍我的肩膀，說道：

「醫生，不能妄下定論啊！這東西是海漂瓶，很像啤酒瓶啦！將信、卡片塞進瓶子，像這樣在瓶身上漆，引人注意，然後扔入大海，讓瓶子隨著海流方向、速度漂流的最原始方法囉。」

這麼說的東屋問男僕：

「宅邸裡應該有幾個海漂瓶吧？」

「是的，這是船長的興趣。」

東屋聽了之後，沒有回應，過了一會兒才說：

「首先，憑這個就能確定凶器應該在案發現場。對了，今早你游過來察看時，船上還有其他東西嗎？」

「這倒沒有……不過，有一管巧克力糖膠掉在船板上就是了。」

「那東西呢？」

「因為是空的，就把它扔進海裡了。」

「扔掉了？」

東屋露出無奈苦笑，下了遊艇。他突然又瞅了一眼位於船尾的小船艙，走過去掀開蓋子窺看裡頭，隨即縮著上半身探入，拾起一個黑色大貝殼。

「哦！好有趣的貝殼喔。」我瞅著這個貝殼，這麼說。「看起來好像有隻鳥從旁飛過的樣子，這是什麼種類的貝殼啊？」

「茶蝶貝，很不潔的貝類啊！」東屋說。

男僕主動開口：

「這附近有很多這種東西。」

只見東屋沉默不語，撫弄茶蝶貝有好一會兒後，才將貝殼放回船艙。

「看來深谷的確是個怪人啊……和海的緣分還真是深呢……」

他邊說，邊隻手撐在船緣，從遊艇躍下，然後走向漆成白色的船身，輕敲船底正中央那塊縱向突起的鉛質重心板：

「這艘遊艇真不錯，平衡感非常好。」這麼說。

突然，東屋仔細觀察著重心板的下半段。

「你沒把泥巴帶進船裡吧？」

我和男僕像說好似的，一起湊向東屋那邊。

原來如此。重心板下半段，也就是鉛與木材的接合處沾上一層薄薄的軟泥巴。

「這艘白鮫號今早上岸後，就沒再下海吧？」

「是的。」男僕回道。

「所以這黏土質的泥巴是新的囉。但這附近都是岩石……」

這麼說的東屋笑著對我說：

「也就是說，昨晚深谷駕駛的白鮫號曾停泊在黏土質的海岸，因為黏土質的泥巴從船底溢出來，畢竟船底是最先，也是最廣泛接觸到黏土質海底的部分……」

「是喔。」

「還有這片海底……你看，這塊舵板的接合處附著海草，是一種叫做長海松的海草，肯定是長得一大片都是，這種海草多是長在淺水處。」

我和男僕只能恭謹聽著東屋的推論，因為我對於海洋知識一無所知。

東屋將注意力從重心板移轉至倚靠在岩石上的白鮫號船身，只見他用銳利眼神仔細觀察著側，還伸手觸摸。突然他看向我們。

「你們過來看看。」這麼說。

我們也湊近船身，看向東屋指的地方。

什麼也沒有，只有沿著船緣下方約三十幾公分處有一排半乾涸的茶褐色泡泡形成的一條長線，這很常見，不是嗎？好比退潮時的岩石上，或是砂地也會出現這般光景。

「只是一排泡泡形成的痕跡啊……」

不由得脫口而出的我恰巧對上東屋那略有所思的視線，我知道他想說什麼。

「啊啊，原來如此。你是想說黏土質泥土與長著一片長海松的海面浮著這般茶褐色泡泡，對吧？」

「嗯。不過我發現更精彩的事實。」

這麼說的他看向男僕。

「這一帶相當風平浪靜，是吧？」

「嗯，算是吧……」

「昨晚呢？」

「因為起海霧，多少會颳風吧。」

「好！我們駕艇出航吧。」東屋說。

面對這位行動派的偵探，起初有點猶豫不決的我不再躊躇，和男僕一起合力將白鮫號推向大海。

遊艇乘著靜靜的波浪浮於海面，自信滿滿的東屋身手矯健地跳上遊艇。

「好了。我們開始做個有趣的實驗吧。我們各自站在讓船身保持平穩的位置。」

東屋開心地蹲在船緣邊，像個孩子似的瞅著海水與船身接觸的那條吃水線，然後突然起身捉住我。

「你多重？」

「問我幾公斤嗎？」

「是的。」

「不太記得了。大概五十左右吧。」

「嗯，了解。」

東屋又問男僕：

「你呢？」

「我不太記得了。應該超過六十吧。」

「是喔。我大概五十六……你們先待著別動。」

東屋張開雙手示意我們別移動後，隨即跳上岸離開。不一會兒，只見他抱著兩顆大石頭回來，放進船上。

「為了再次保持船身平衡，麻煩各自站好位置。」

這麼說的東屋像之前一樣蹲在船緣窺看了一會兒，微笑起身說道：

「好了。這樣就行了。我要說的有趣發現就是指這個囉。也就是我和你，加上男僕和兩顆石頭，加總起來的重量。再說得清楚一點，現在這艘白鮫號的重量就是三個成年人的重量，也就是昨晚白鮫號浮在有泡泡的海面時的重量。換句話說，深谷先生昨晚並非獨自搭乘遊艇，船上還有其他人。」

「原來如此。」

「是的。這重量讓他從白鮫號上消失。」

「為什麼？」我不由得反問。

「因為要不是這樣，我也不會發現這件事。照理說，白鮫號從浮著泡泡的海面隨波逐流到這裡，柔軟的泡泡早就被海浪沖刷掉了。」

「嗯，的確是。我懂了、我懂了。也就是說，深谷先生的屍體被丟進浮著泡泡的海中，而且是用粗繩綁在船尾。」

「沒錯，不只這樣，不只要將深谷先生的屍體扔出船外，還要有比他的體重還重的重量——也就是深谷先生最親密的兩位同乘者，各自從他們所處的位置下船，白鮫號就淨空了。明白嗎？光只是去掉深谷先生一個人的重量，白鮫號不可能如此輕盈地浮在海面上囉。我們現在就來試試吧。」

這麼說的東屋跳上岸。

「你們看這個，請注意船身側邊的吃水線，與這排泡泡的間隔。我下船後，間隔應該不到六公分吧。即便是深谷船長，我們的差異應該不會太大。所以這樣的間隔應該是船在漂流時，海浪幾乎都能濺入船內才是，遊艇尤其晃得厲害。好了，我們全都下船看看吧。」

我們趕緊跳到岩石上。

只見遊艇馬上浮起，泡泡線與吃水線的間隔足足有十三公分寬。原來如此啊！在這種情況下，小浪根本沖刷不掉泡泡。

東屋又說：

「也就是說，與深谷先生同船的兩個人在浮著泡泡的黏土質海岸，將深谷先生的屍體綁在船尾，然後下船讓白鮫號淨空。換言之，這些黏黏的茶褐色氣泡並非一般海潮、海浪的泡泡，而是在複雜的空氣環境下，或是水中塵埃與無數微粒子混合而成的。而且這種泡泡大多滯留於河川與大海的交界處，或是河道彎曲處之類地形較為特殊的地方。對了，宅邸有秤子嗎？」

東屋問男僕。

「有，別館倉庫有一台大型自動秤。」

「就是這個，太好了。我們只要用那東西就能測出三人全搭上遊艇的重量，以及深谷先生的體重，這樣就能知道另外兩位同乘者的體重了。非常簡單的計算方式。」

「這頗有趣哦！」我不禁喃喃道。

東屋笑著說：

「謝謝捧場。大概就是這樣，我們可以離開了。對了，關於這兩張帆……該說是裝置？還是一種詭計？被固定在一個方向，剛好是一個人可以獨立應付從右舷前方吹來的風。還有往左偏十度固定住的船舵——我明白了。這是為了讓船能左彎大幅前行的裝置。這是在浮著泡泡的海那裡，與深谷先生一起搭上遊艇之人所施的詭計。好了，我們走吧。記得帶走石頭。」

三

東屋抱著比較大的石頭，我抱著比較小的石頭，一起登上坡道。迎面吹來的海風輕拂我們的臉頰。男僕早川將遊艇綁在矗立於岩石之間的木樁上，再從小船屋拿出塑膠布蓋住遊艇，所以比我們遲些離開。

我們走到一半時，深谷家的女傭奔過來，通知我們午餐已經準備好了。

東屋趕緊攔住女僕，單刀直入地問：

「你們家老爺總是晚上駕艇出遊，到底是在做什麼？」
「不知道……」
只見女傭一臉驚訝地睜大雙眼，說道：
「晚上駕艇出遊是他的興趣……」
「還真是奇怪的興趣啊……妳也會隨行嗎？」
「以前曾跟過一次……是個月色皎潔的夜晚。」
「只是張著帆，在海上巡遊嗎？」
「是的。不過很有意思呢！」
「還有美麗月色相伴，是吧？」
東屋話鋒一轉，又問：「昨天傍晚有客人來訪嗎？」
「傍晚嗎？沒有。」
「黑塚先生呢？」
「他是九點過後才到。」
「有人打電話來嗎？」

「電話？沒有。那具電話根本是裝飾用。」
「聽說昨晚你家老爺看起來有些心神不寧？」
「咦？我也不太清楚。不過他的確臭著一張臉就是了。」
女傭一臉狐疑地看著東屋。
「昨晚有誰和你家老爺一起搭乘遊艇嗎？」
「沒有，他一向都是獨自駕艇出遊。」
「何時出門？」
東屋一派打破砂鍋問到底的態勢。
「這個嘛，不太清楚，因為我和早川先生都分別就寢了。」
「那麼，你知道你家老爺為何獨自駕艇出遊嗎？」
「這個嘛……」她的臉色明顯有些困惑。「今早發現遊艇上只有他獨自漂流。」
東屋喘一口氣，又問：
「你家老爺還真是古怪，是吧？」

「嗯，確實被人這麼說過。不過，他總是搬出『這是我的興趣啊！』當藉口。」

我們總算走完坡道。

「你說的別館倉庫就是那個吧？」東屋一邊走，一邊指著山岬最前端，有個船艙造型的建築物，這麼說。

「可以再和我聊一下嗎？」

「是。」

女傭無奈地跟上來。

「那個黑塚先生是個什麼樣的人？」

「黑塚先生嗎？」女傭看起來似乎精神多了。「他在我家老爺以前任職的汽船擔任事務長，每逢休假都會來訪。」

「他多大年紀？」

「四十幾歲吧？還是個單身王老五的他是個很爽朗的人。比起我家老爺，他和夫人、洋吉先生處得更好呢！」

「洋吉先生是夫人的弟弟吧？」

「是的。他很喜歡吃巧克力，是個很時尚的人。這個春天從大學畢業後，他就一直待在這裡。」

「他喜歡吃巧克力？」

瞬間，我想起男僕剛才說的話，不禁插嘴。「洋吉先生昨晚幾點就寢？」

「昨晚嗎？我不知道。他和黑塚先生很久沒見了。所以兩人出門散步到很晚才回來的樣子。」

就在這時，男僕早川追上我們，對已經來到別館倉庫門前的我們說：

「秤就放在裡頭，請稍等一下。」

這麼說的他掏出鑰匙。

東屋對女傭說：

「謝謝，妳可以去忙了。」

總算鬆了一口氣的她急忙返回主屋。

我們走進倉庫，開始取秤測試。

首先，東屋是五十六．一二公斤，我是五十五公斤，男僕早川是六十五公斤，兩顆石頭合計一四．六公斤，加總起來是一九〇．九二公斤。

東屋一邊寫在筆記本上，說道：

「合計是一九〇．九二公斤。好！這就是昨晚白鮫號的最大重量。好了，就先進行到這裡，我們去吃午餐吧。」

我們步出倉庫。東屋看到位於倉庫右邊造型洗練的船艙風格房間時，像想起什麼似的對早川說：

「這是船長的書房吧？」

「是的。他都叫它是船艙、船艙，一處非常特別的房間。依照他的興趣於七、八年前蓋的，不過未經他的允許，任何人都不能進去。」

「原來如此，所以恐怕永遠都沒有辦法進去囉。」

東屋語帶嘲諷地說，隨即邁步。

兼客廳用的美麗主屋飯廳裡，靠窗處擺著一張餐桌，深谷夫人、黑塚與洋吉正一邊哀嘆，一邊用餐。為了避免氣氛尷尬，我們一邊眺望窗外美景，一邊落座加入他們的談話。

從窗子望去，大海更加美麗，遙遠左側是染上淡紫色的犬崎，連接著我們一路過來的海岸。環抱如此廣闊的內海，縹緲海岸無邊無盡地橫亙著。右側是風平浪靜的內灣一帶，好幾個小山岬層疊的前方，有個格外顯眼，斑斑禿山的美麗山岬以奇妙的彎曲形體朝大海突出。右側灣岸多是陸地，崇山峻嶺如齒梳般迫近大海，散佈一整片的磯馴松。除了這處宅邸之外，附近沒其他人家，觸目所及只有蒼茫的海與山。倚著如畫般的蔚藍海景，深谷先生的船艙白亮生輝，不知是否因為颱風，有一朵雲迅速掠過白柱的上空，飛向東邊天空。

東屋用完餐後端著紅茶杯，一邊眺望窗外美景，說道：

「那根柱子是做什麼用？」

「哦～那個啊，那是為了營造汽船氛圍而設計的。」

夫人悠悠地說。「也是外子的興趣。」

「頂端是不是掛了個虎頭鉗啊？」

「那個啊，因為有時會在頂端點燈……一年大概一、兩次，可能是因為外子有時會開到比較遠的地方，有個明顯標誌可以定位吧……」

「是喔。」

這麼回應的東屋換了個坐姿，說道：

「這景色還真美啊！」

「您喜歡嗎？」洋吉插嘴。

「真的太美了。既然是這麼美麗的海岸，應該不會有浮著髒污泡沫的地方吧？」

「還是有啊！」洋吉回道。

他指著窗外，「你看那邊，就是風平浪靜的內灣那裡，不是有個形體彎曲得很奇妙，有些禿禿的山岬嗎？那座山岬叫鳥喰岬，山岬最前端的對面就是一處呈鉤狀彎曲的淤積處，因為位處內灣，所以會形成一處沉積地，那裡時常浮著茶褐色泡泡……因為去年夏天我游泳時游進那裡，覺得好噁心，所以記得很清楚。」

「是喔。對了，聽說你很喜歡巧克力？」

面對突如其來的詢問，洋吉顯得有些吃驚，一臉複雜地看著東屋。

「其實啊。」東屋趁勝追擊似的說。「今早我們在遊艇上發現一管巧克力糖膠，所以對於你昨晚……」

「開什麼玩笑啊！」

洋吉迅及打斷東屋的詢問。「我是喜歡吃巧克力，但那是昨天下午，我和姊姊一起駕艇出遊時遺留的東西。昨晚我和黑塚先生一起在這附近散步到很晚。」

「這樣啊。那麼，散步途中有遇到什麼形跡可疑的傢伙嗎？」

「沒有。」

東屋接著問一直默默抽菸的黑塚先生：

「也沒看到白鮫號在海上嗎？」

只見黑塚先生嘴角浮現一抹憐憫的笑，回道：

「畢竟夜晚昏暗，又起薄霧……」

東屋也笑著回應：

「您沒染上風寒嗎？」隨即一臉認真地說：「恕在下有個不情之請，可以借用一下您和洋吉先生的身體嗎？」

「是沒問題……但要做什麼呢？」

「想請你們站上倉庫裡的秤子。」

「不過……為何有此要求？」

「因為關於深谷先生的死，在下找到一點眉目……」

「啊？實在不明白你的意思……為何要我們站上秤子？」

「因為啊，案發當時的白鮫號上一共有三個人。正確來說，應該是一共承載著一九〇公斤的重量，這是我推論出來的實驗。」

「為、為什麼推斷出這種事？」

「因為我剛才看到從白鮫號白色船身側邊的吃水線開始，也就是約十三公分的上方有一排呈水平線的茶褐色泡泡痕跡。以這十三公分來計算，必須要有約一九〇・九二公斤的重量才足以對抗白鮫號的浮力。」

黑塚先生輕笑出聲，隨即以冷靜口吻說道：

「原來如此啊。可是就我們門外漢來看，並不十分贊同您的推斷囉。」

東屋面露些許緊張神色，我也不由得緊張到上半身前傾。

「您的推論並沒有考慮到左右搖晃的情形。」

「如您所知，無論是什麼樣的船，左右搖晃多少都會有所影響。以白鮫號的情形來說，就算吃水線上方約十三公分處殘留泡泡痕跡，也不能單憑這樣就推斷船上至少承載著一九〇公斤的重量吧。應該說，就算沒有這般抗重力，船隻只有左右傾斜，依傾斜角度大小，吃水線也會上下挪移。如果海面上漂浮著泡泡的話，在船身不斷上下搖晃的情況下，也會在吃水線上方留下泡泡痕跡。亦即以空船水平漂浮情況來說，只要船隻左右搖晃，就算船上沒有承載任何東西，也會在標準吃水線上方留下另一條泡泡痕跡。那處淤積地因為位於山陰處，十分風平浪靜，所以不會垂直晃得很厲害；但如果是水平搖晃的話，就不能像中國古人那樣將大象放進池水裡的船，來計算大象的重量囉。所以我說你的一九〇公斤推論言之過早啦！」」黑塚先生說。

這麼說的黑塚先生將菸屁股扔進菸灰缸，一派倨傲地雙手交臂。

果然是這方面的專家，說得頭頭是道，無可反駁。我突然擔心起來，窺看東屋，他倒是心平氣和，像要舒緩緊張氛圍似的說：

「還真是別具說服力的說詞啊！不過，容我這個素人反駁，那就是我方才說過，那排泡泡的吃水線是以同樣高度繞著船身一圈。也就是說，無論是船首還是船尾，泡泡的吃水線高度是一樣的。所以我的看法是，您說的左右搖擺作用，原則上一定要有個中心軸，是吧？以白鮫號的情況來說，連結船首與船尾的線，記得是叫首尾線還是龍骨線吧。總之，應該會有這條軸。倘若如你所說，那條泡泡痕跡不是因為抵抗一九〇公斤重量而出現，左右搖晃也能讓泡泡痕跡出現在標準吃水線以上的位置；那麼船身要是左右搖擺的話，船首與船尾的吃水線應該會比左右兩側的吃水線來得低。換句話說，左右兩側的泡泡痕跡位置應該遠比船首與船尾的位置高出很多；但就像我再三強調，白鮫號的吃水線不管在船身的哪個部位都差不多高，足見船身保持水平狀態。不然這樣好了，我們再實地檢測一次。不過恕我直言，就我的論點來看，實在必須否定你認為泡泡痕跡是因為左右搖擺而形成的說法。其實，我並沒說白鮫號絕對沒有左右搖晃，因為依現在泡泡痕跡被破壞的程度來看，船身應該有左右搖晃吧。只是白鮫號從淤積處漂流到浪大海域的這段期間，泡泡痕跡之所以幾乎完整殘存，是因為白鮫號停泊在淤積處時，船上空無一人，船體突然變輕，吃水線也跟著變低的緣故。」

「……還真是強詞奪理啊！」

黑塚先生語帶不屑地嘟噥著。

「那麼，請兩位屢行我的請託吧。」

於是，兩人分別站上磅秤。

首先是黑塚先生六十六．一公斤，接著是洋吉四十四．五八公斤，合計一一〇．六八公斤。

「也必須知道姊夫的體重吧？」洋吉說。

「能知道深谷先生的體重當然最好。」

「記得家姊的『家庭日記』每個月都有記錄。」

這麼說的洋吉對著主屋，大聲吩咐女僕取來。

不久，女僕拿來一本裝幀高雅的日記本。洋吉迅速翻頁。

「呃……這是上個月……有了、有了。恰巧是三天前的記錄。」

「哦，五十三・三四公斤啊。啊、這個三十八・二二公斤是？應該是夫人的體重吧。謝謝。」

東屋語畢，一股緊張又詭異的沉默氣氛降臨。

東屋轉身在筆記本寫下數字，飛快計算著。我也假裝望著屋外，趕緊偷偷心算。原先的一九〇・九二公斤，扣掉深谷的五十三・三四公斤……是一三七・五八公斤，這是與深谷一起搭船的兩位同行者的重量。

黑塚與洋吉合計是一一〇・六八公斤，比同行者的總重量少了二十六・九公斤，所以昨晚與深谷一同搭乘遊艇的不是黑塚與洋吉。不知為何，竟然覺得有點失望的我看向東屋，只見他默默將筆記本塞進口袋，靜靜走向屋外草坪。

風勢逐漸轉強，依舊快速行進的雲朵在草坪上留下倉皇明暗，迅即掠過。

看來東屋肯定也和我一樣失望吧。過了一會兒，他回頭一派從容地說：
「黑塚先生，如何？要不要一起去勘查白鮫號的泡泡痕跡？」
「應該沒這必要了吧。」
「是喔？那麼，直到警方抵達之前，可以暫時借一下白鮫號嗎？」
「請便。」
只見東屋拍拍我的肩，刻意扯著嗓門說：
「我們去鳥喰岬看看囉！」

四

低氣壓報到，海面比想像中來得波濤洶湧。無數尖尖小小的浪頭乘著驟然颳起的強勁南風，不斷向深谷宅邸所在的山岬推擠前行。顏色陰沉到令人難以忍受的雲朵每次一遮住陽光，水色就會忽濃忽淡變化著。承受強勁海風的藍色海面閃著白光，被小小風浪覆蓋後，隨即閃耀刺眼銀光。冷冽無情的大海彼端，深綠色鳥喰岬在不時從雲縫間以銳利角度傾灑的陽光照耀下，變成紅褐色形體。

我們駕駛的白鮫號承受著左舷前方吹來的強勁南風，高速破浪前行。我和東屋都有駕駛遊艇的經驗，駕駛這艘造型時髦的遊艇，感覺船速格外飛快。不久，我輕輕右轉舵，來到鳥喰岬附近；鳥喰岬活似扭曲身子，從右舷前方海中躍出水面的巨大怪獸，朝我們迫近。只見山岬前端躍入眼簾，眼前是有如鏡子般平靜的內灣。遊艇緩緩駛進內灣口，開始沿著這處坐擁那處詭譎淤積地的小小鉤形岬前行，內灣美景也逐漸移至我們的視線左側，來到可以看到鳥喰岬陰鬱背面的地方，的確好陰鬱。

岸邊沒有岩石，也沒有一般海邊常見的沙灘地，取而代之的是黑得發亮，猶如岩石的黏土質海岸，而且四處長著密密麻麻像是禾本科的植物，從凹凸不平的海岸一直延伸到後方鳥喰岬山丘，長著像是荊棘的雜草，還有一大片帶著灌木淡紅的羊齒類植物，上方則是覆著沉重到令人快要喘不過氣的原始喬木類植物。遊艇駛入這處陰氣沉沉的灣口，風竟然不可思議的停了。絲毫不會搖晃的白鮫號怠速滑動著。這時，方才還照得海面閃閃發光的陽光被深厚雲影遮蔽，四周瞬間變得昏暗，令人有些心頭發毛。我不由得看向水面。

這處小小的內灣浮著感覺黏黏的，有點髒污的深茶褐色泡泡，而且愈往裡頭，泡泡的密度愈高，終於化成一片泡泡之海。

「我們在這裡下船吧。」

我依著東屋的指示，盡量讓遊艇停靠在水深一點，重心板不要觸到海底的地方。

就在我們準備上岸時——

「噓！」

東屋突然制止我。

四周靜謐到有些可怕，從遠處傳來像是踩著樹枝前行，落荒而逃似的腳步聲劃破寂靜，似乎有人急忙逃入山那邊的密林。

「會是誰啊？」我回頭看東屋，這麼問。

已經不在意腳步聲的他站在離我約五公尺遠的岸邊，指著黑色黏土，對我說：

「你過來看一下。」

於是，我走到東屋身旁，看向他指的地方。從岸邊黏土質到草地那裡拖曳著無數條奇妙痕跡，確實是抹掉腳印的痕跡。

「這是昨晚殺害深谷船長那些男人的腳印，就是剛才逃進密林的男人擦掉的。」

「我們追上去逮捕他吧！」我不由得脫口而出。

「已經追不上了。況且我們對這片山林不熟，根本沒勝算。」

「是喔。那可疑的傢伙不就還能逍遙嗎？」我懊惱地說。

「這是當然呀！」

東屋接著說了句令人大感意外的話：

「你是不是認為殺害深谷的是外來者？」

自從磅秤實驗失敗後，想起深谷那番詭異的自言自語，我開始覺得深谷恐懼的不是黑塚，而是外來者，所以對東屋這句話深感詫異。

「我也是啊！」東屋笑著說。「我和你一樣也覺得黑塚與洋吉很可疑，但因為剛才的實驗失敗，看來兇手應該是我們完全不知道的外來者吧。可是現在我又不這麼想了。為什麼呢？因為看到這些被擦掉的痕跡。如果兇手是外來者的話，為什麼會知道我們要來鳥喰岬，還趕緊擦掉這些腳印呢？可見兇手一定就是現在在深谷家的人。」

「原來如此。果然昨晚讓深谷深感恐懼的傢伙，現在就在深谷家囉？」

「這麼想來，的確是這樣沒錯。不過，那個讓深谷害怕的傢伙不見得就是兇手。」東屋又說：「總之，先查看一下附近，應該會有白鮫號重心板留下的痕跡。」

我們蹲在因為退潮後的岸邊，我用雙手撥開有點黏稠又髒污的泡泡，這工作還真是有點噁心。不一會兒，我們發現退潮退了三分之一左右的海水中，有一方寬約一英吋的細長水坑。離這水坑約一英呎處是塊海底岩石，三、四根深綠色海草長海松前端交纏著冒出來。

「看這個就能判斷昨晚滿潮時，重心板就是卡在這處水坑。記得昨晚滿潮時刻剛好是十二點左右。好了。我們去找找足跡往哪兒去吧。」

我們循著被抹去的足跡，朝草地方向前進。被抹去的足跡似乎往返海岸與草地之間一共兩次的樣子，而且有一排足跡的左側有一道痕跡覆蓋著，那是拖著重物似的痕跡，因為痕跡不太明顯，所以我們這才注意到。」

「這是什麼？莫非是搬運深谷遺體的痕跡？」我問東屋。

「嗯，但要是這麼做的話，不就推翻了我認為深谷是在船上遇害，然後用粗繩綑綁屍體，投入大海的推論……」

東屋一邊思忖，一邊走向草地，但是從這裡開始就看不到被抹去的足跡。昨晚遭踩踏，又有重物拖曳過去，肯定有草被壓扁；不過可能是因為經過了一段時間，草又挺挺生長。

走過草地，在茂密灌木叢中穿梭的我們在長得更高、更茂密的樹蔭那頭發現一方小池子，有個大型瓦斯燈滾落在鋪著細小雜草的岸邊；但最惹我們注意的是看到和方才在岸邊那像是重物拖曳的痕跡，似乎是始於池子，濡濕岸邊小石子往草地去，而且和我們來時方向相反，是往山裡去。看起來似乎是每隔幾分鐘就從池子拖出重物似的，草地不但被壓得扁扁的，還濕漉漉的。

興奮的我們開始默默循著痕跡走，來到一處長著細長雜草的草地，密林堵住去路的前方，也就是我們循著這奇妙痕跡的延長線上，有個大小看起來恰似黑狗蹲地，不知道是什麼的東西。我們雀躍地趕緊衝過去。

更令我們驚訝的是，原來這個黑色東西是採貝類用的小拖曳網，網上結滿許多剛才在深谷邸進行白鮫號浮力實驗時，類似東屋發現的那種貝類，網口紮得緊實。我們看得目瞪口呆。

「果然不是深谷的屍體，而是這東西啊！但這到底是怎麼回事？為什麼要採集這麼多貝殼，應該是有什麼作用吧？還有，剛才逃進林子裡的那個人為何不想讓我們看到這東西……？」

東屋思忖片刻後，像是想起什麼似的抬起臉，突然有氣無力地說：

「看來好像和我想的有很大出入。」

「什麼意思？」

「我之後再跟你解釋。總之，這裡已經勘查得差不多了。我們回去吧。」

東屋說完後，蹲在結滿茶蝶貝的拖曳網旁：

「不好意思，可以請你幫個忙嗎？這東西可是重要證物。」

一頭霧水的我沒多問什麼，聽從東屋的指示。連同滾落一旁的瓦斯燈，我們提著沉甸甸的證物，離開池子，不久便回到來時的海岸。

我們合力將證物放進遊艇，因為這處淤積地平靜無風，所以我們用纜索將遊艇移動到有風的峽灣口。

「昨晚兇手也是在這裡固定好帆與舵的位置，然後放流白鮫號。你看，那些被抹掉的足跡果然延續到這裡。」

被東屋這麼一說，我才發現。這裡的足跡似乎比我們最初上岸那裡的足跡先被抹消的樣子，而且抹消得比較仔細。

「好了。我們也在這裡張帆吧。風應該會變強。」

我們上船。偌大的桅帆發出聲響昂揚著，待調整到迎風面後，白鮫號開始靜靜出航。

東屋點了根菸，對著掌舵的我說：

「我果然犯了個大錯。剛才進行那個浮力實驗時，我推斷昨晚連同深谷，有三個人在白鮫號上，是吧？這就是一大過失。

當然，我堅持總重量一九〇公斤這點沒錯，問題出在人數。我不是說是三個人嗎？那麼，到底是幾個人呢？答案是兩個人。兩個人的體重合計要達一九〇公斤，的確有點誇張，但要是加上這些東西不就合理了嗎？茶蝶貝和瓦斯燈的重量。問題是，昨晚白鮫號載著這些東西、深谷以及兩位兇手，這是任誰都能推論出來的事。也就是說，兇手不是兩個人，而是一個人。我在這裡待了幾十分鐘後，推測出兇手大概多重，那就是一九〇・九二公斤扣掉深谷的五三・三四公斤，再扣掉這些東西的重量，就是兇手的體重。」

「原來如此，頗合理。」我附和。「所以秤量這些東西的重量，就能揭曉答案囉？」

「不，這起事件可沒那麼簡單。雖然馬上就能知道兇手是誰，但不表示就此完美結束。你想想深谷害怕到喃喃自語的那句話『明天下午一定會來這裡』

他到底在怕什麼？我覺得一定和深谷的奇怪生活習慣有關。還有，為什麼要用拖曳網撿拾這麼多這種貝殼呢？雖說深谷脾性古怪，但我實在不覺得這檔事純粹是出於他的興趣。」

這麼說的東屋皺著眉，將菸屁股扔進海裡。

船尾迎著強風的白鮫號猶如箭矢般，迅速繞過烏喰岬。陰沉雲朵塞滿整片天空，已經望不見陽光。

不久，返抵深谷宅邸的我們提著重物，登上坡道。

登上坡頂便瞧見在我們外出期間來到這裡的員警們，只見熟識的檢調主任微笑地走向我們。

「唷、醫生。明明都發生命案了。您還有心情搭艇出遊啊！」

檢調主任聽完我簡單說明東屋調查經過與疑點後，說：

「來招先攻，是吧？很好。請讓我們看一下那個秤重實驗。」

於是，我們迅速移動至別館的倉庫。

已經知道兇手是誰的我內心多少有些激動，反觀東屋倒是頗冷靜，我趕緊幫忙將兩件重物放到秤子上。

指針開始嗶、嗶、嗶的劇烈搖晃，隨後震幅愈來愈小，神經質的顫了幾下後，驟然停止。

七十一・四八公斤！

瞬間，東屋閉上眼，開始心算。不知為何，他拿在手上的筆記本突然啪的一聲掉落地上。

他的眼裡、臉上開始漲滿驚詫神色，而且驚詫神色直接被深刻、沉痛、困惑的情緒覆蓋……但不一會兒臉上又浮現一縷希望的神色，甚至逐漸明朗、堅強、充滿自信。

「知道兇手是誰了嗎？」檢調主任說。

「知道了。」

「兇手是誰？」

「兇手是……」

東屋欲言又止。

「請等一下。」

隨後拍拍我的肩，笑道：

「你知道了吧？」

「嗯，正在計算。」我趕緊回道。

只見東屋再次微笑地說：

「醫生，我要向你下戰帖。第一，你認為兇手是誰？畢竟你已經知道這起事件的相關者的體重，是吧？這樣就應該知道兇手的體重吧？不僅如此，至少可以推論出兇手是誰。既然都握有必要素材了。來吧！說說你的答案吧。」這麼說的東屋撿起筆記本遞給我。

「既然知道就快說吧。」檢調主任說。

「請等一下。」

這次換我喊停。既然如此，我得好好計算才行，千萬不能出錯啊。

首先，一九〇・九二公斤扣掉深谷的五十三・三四公斤……所以是一三七・五八公斤。接著扣掉茶蝶貝與瓦斯燈的重量七十一・四八公斤……

也就是……六六・一公斤。六十六・一公斤！這……這數字好熟悉喔！我趕緊瞅了眼筆記本……啊啊，黑塚的體重是六十六・一公斤！

我趕緊對東屋說：

「我知道了。」

「知道什麼？」

東屋頻頻瞅著我，說道：

「有好好思考過嗎？」

「你就別捉弄我了。」

「那你說說看吧。」

「兇手是黑塚！」

「不對！」

五

「不對？……開什麼玩笑啊！」我不由得反駁。

「我沒跟你開玩笑啊！」東屋一臉認真。

有點惱火的我回嘴：

「你才算錯！」

「怎麼說？」

「你聽好啦……一九〇・九二公斤扣掉深谷與東西的重量，不就是六六・一公斤嗎？也就是黑塚的體重，非常吻合……」

「所以才說你弄錯啦！」東屋說。

「你說什麼？」

「沒什麼啦！」

東屋開始說明：

「因為吻合，所以才是錯的，知道嗎？你的計算沒錯，只是把數字與現實搞混了。這樣是不行的。你想想，我們不是將昨夜，也就是案發當時白鮫號上頭的東西拿來秤，而是今天才開始拼湊一些數字來計算。加上浮力實驗也不一定準確，畢竟包括搭乘者的服裝等其他細微因素都必須考慮進去才行，所以一九〇‧九二這數字，不，應該說無論是深谷先生的體重還是這些東西的重量，都是為了推論兇手而必須用到的數字，但不管怎麼說，這些都是大概的數字，所以根據大概數字計算的結果絕對不可能吻合！所以發現計算結果居然與黑塚的體重完全吻合，我真的嚇一大跳；但這真的只是完美的巧合，就因為太過完美，才會讓你掉進陷阱。」

「兇手到底是誰？」檢調主任再也忍不住了。

東屋拿走我手上的筆記本，

「就是體重六十五‧二公斤的男僕早川。」

只見檢調主任大驚失色喊道：

「男僕？糟了。那傢伙在我們抵達之前，說要去鎮上的郵局。」

「郵局？」

這次換東屋大喊：

「快！快封鎖從這處山岬到西南海岸一帶，不管是山還是樹林，還有那個鳥喰岬都要封鎖……那傢伙說的『郵局』就是那裡！」

東屋看向我，說道：

「我們剛才在鳥喰岬聽到的就是早川的腳步聲。」

檢調主任立刻衝出去。

東屋也站起來說：

「我們也開始行動吧！」這麼說。

來到主屋玄關的東屋一邊看著準備出動逮捕兇手的員警們，一邊告訴和女傭站在一旁，不知所措的深谷夫人：

「夫人，已經知道兇手是誰了。就是男僕早川。」隨即又緩了緩口氣，對驚訝不已的深谷夫人說：「不好意思，可以看一下您先生的船艙嗎？」

「是指那間書房嗎？」

夫人猶豫片刻後說道：

「好的。」

隨即走向主屋最裡面。不一會兒便回來的她將一把銀色小鑰匙交給東屋。

「您可以隨意調查。」這麼說。

我們再次來到別館，東屋從放在秤上的拖曳網中，抓了兩、三個茶蝶貝走向深谷船長的船艙。

這房間只是造型比較奇特，裡頭頗一般。面海開了個大圓窗，窗旁擺著氣派的書櫃，排滿了書，而且以裝幀風格四平八穩的學術類書籍居多。還有個與書櫃並排的大玻璃層架，擺滿不知道做什麼用的工具與東西。鑲著黃色玻璃的大吊燈十分醒目，房間中央擺著一張與房間風格不合的桌子，桌上一隅放了個小櫃子。

東屋環顧室內後，將茶蝶貝放在桌上，坐在椅子上沉思一會兒後，又走到書櫃前，像馬兒般鼻頭蠢動，瞧著塞得滿滿的書。我突然想起我們來時騎乘的馬，來這裡時，將牠們拴在陰涼處，但還沒給牠們喝水——突然擔心的我趕緊步出房間。

我將馬兒牽到玄關旁的長長屋簷下。就在我照料完馬兒時，東屋走過來。

「可以麻煩你打個電話給轉接局嗎？我想打電話到三重縣，但不曉得電話號碼。我想打給鳥羽的三喜山海產部比較好。總之，就打打看囉。還有，請這傢伙趕快來一趟。」

東屋說完後，走向玄關。我在走廊上的電話室，照他的吩咐打給轉接局，辦妥東屋交代的事情後步出電話室，瞧見玄關那裡有人。

原來是東屋正在詢問深谷夫人與黑塚。

「您先生十年前從日本商船退休後，就馬上搬來這裡，是吧？」

「是的。」夫人回道。

「那麼，男僕早川是幾年前僱用的呢？」

「恰巧是那時候。」

「您曉得他來這裡工作之前，待過哪裡嗎？」

「僱用那男人一事，都是外子作主，所以我不清楚——」

「原來是這樣啊！」

東屋頷首，說道：

「對了。您先生應該不是常常在那間船艙前方的白柱頂掛上燈吧？」

「嗯，一年大概一、兩次吧。」

「那麼，再請教一個比較奇怪的問題，昨晚府上有開收音機收聽新聞嗎？」

「是的，我們一直都有收聽的習慣。」

「謝謝。」

東屋點了根菸，坐在沙發的扶手上。

就在這時，電話室那邊傳來鈴聲，不久女僕走過來。

「請問是哪位打去鳥羽呢？」

「是我，謝謝。」

東屋站起來，步出大廳。

一頭霧水的我們只能坐在大廳，等待東屋回來。

約莫過了十分鐘，看到東屋後頭跟著好幾個員警，還帶著一位我認識的警察署署長。只見東屋笑容滿面地說：

「這起事件已經解決了。接下來就由我來為各位說明，請大家挪步到別館的船艙，那裡備齊各種素材。」

於是，我們魚貫步出大廳。深谷夫人說她頭疼，就不跟我們過去了。所以東屋和我、黑塚、洋吉以及署長，一共五人走過颳著強風的中庭，前往別館的船艙，也就是深谷船長的祕密基地。

六

暴風雨來襲。

我們走進深谷的船艙後不久，偌大的雨滴打在面海的大圓窗玻璃上，發出激烈聲響，外頭風聲呼嘯。

從眼下的斷崖傳來忽高忽低，呼嘯低吟的風聲，還迴盪著拍打岩壁的海浪咆哮聲，周遭空氣震顫不已。

東屋落座我們面前的椅子，在不間斷的駭人風雨聲中，以平靜口吻開始說明事件真相。

「先依我的想像，簡單描述案發當晚的情形吧。昨晚十二點左右，恰逢滿潮時，遭海漂瓶毆殺的深谷屍體與兇手早川，以及載著奇妙東西的白鮫號來到那處陰氣沉沉的鳥喰岬淤積處。船底的重心板觸碰到黏土質海底，舵板的結合處纏繞著些許長海松，船身側邊的吃水線沾附著有點髒污的泡泡。不曉得這事的男僕早川把東西扔到岸上，再用船尾的粗繩綁住深谷的屍體，扔入海中。然後將白鮫號移動到峽灣口，固定好桅帆與船舵，讓遊艇左轉放流大海。然後，早川回到原先抵達的地方，拖著東西走向草地。草地另一頭的林子深處有一方小池，他將瓦斯燈放在池邊，將結滿茶蝶貝的拖曳網扔入池子浸放，兇手就這樣循著陸路悄悄返回深谷宅邸。」

另一方面，拖著深谷屍體的白鮫號雖然被沖至大海，但是如各位所知，昨晚風浪很大，所以遊艇被從犬崎拐彎逆流的黑潮支流推到這座山岬附近。

東屋說明至此，緩一口氣。

外頭風雨愈來愈大。巨浪滔天的灰色水平線開始膨脹，描繪著詭異弧線。看來颱風中心正通過那一帶海域。

東屋繼續說明：

「我剛說明的只是犯案經過，還有幾個不可思議又難以理解的謎團待解，而這些謎團就是讓這起單純的殺人案變得複雜的原因。好比第一個謎團就是這起殺人案的動機。昨晚廣播節目開始後，深谷就變得不太對勁，夫人還聽到丈夫害怕得喃喃自語。深谷那句『明天下午』指的就是今天下午，他到底在害怕什麼？還有拖曳網上結滿的茶蝶貝又是什麼意思？早川為何怕我們看到這東西？深谷喜歡晚上駕艇出遊的怪僻，還有他為何對於大海如此醉心、執著？此外，白柱頂的信號燈也是一個待解的謎。

為了逐一解開這些謎，我先鎖定最具體的線索，也是我最感興趣的東西，那就是茶蝶貝。從事與海有關工作的我現在才想到要了解貝類，還真是有些不好意思。總之，經過一番摸索後，我忽然想到這種貝類最近被用來養殖人工珍珠一事。

因為茶蝶貝比起一般珍珠貝，也就是阿古屋貝，可以養殖出更大顆的珍珠。於是我火速打破一個茶蝶貝察看，果然不出所料。你們看，就是這個。」

東屋從口袋掏出一顆又大又美的珍珠，放在瞠大雙眼的我們面前桌上，一邊輕輕轉著這顆珍珠，繼續說明：

「一如各位所見，這顆就是美麗的人工珍珠。我想各位都知道，養殖人工珍珠必須取得特別許可，三重縣的三喜山先生就是有這個特別許可，而我手上的這顆珍珠就是未經許可，偷偷養殖出來的成品；這位偷偷養殖的傢伙就是從三喜山先生那邊偷學了技術。那麼，這位偷偷養殖的傢伙是誰呢？深谷？男僕早川？還是兩人共謀？從這顆珍珠的大小，我直覺應該是兩人共謀。於是，我聯絡上三重縣三喜山養殖場，詢問早川十年前是否曾在他們那裡任職，結果得到早川於十年前遭解僱的答案，請大家看一下這個。」

東屋拿出幾張像是商業文件的紙。

「這是在那邊書櫃找到的文件，是簡易版的商品出售證明，而且是英文的。文中提到的藍提燈、紅提燈，指的就是珍珠。下方寫有T．W．W，就是購買者。各位知道嗎？深谷與早川共謀，聯手偷偷養殖、販售人工珍珠。只要讓深谷夫人看到這七張文件上面的日期，她一定能想起這幾天白柱頂上都會亮起黃色信號燈一事吧。大家不妨想像每當黃燈亮起，就會有艘行跡可疑的汽船停留在這片黑暗海域——」

東屋暫歇片刻。

不知不覺間，天崩地裂似的暴風雨聲消失，風雨遠去，又回復原先的靜謐。

東屋再次開口：

「最後，我要就深谷船長為何害怕的說出那句奇怪的話——」

就在這時，突然從主屋露台那邊傳來女僕悲痛、絕望、刺耳的叫喊聲。

「哇！這到底是怎麼回事啊？海的顏色宛如血……」

我們嚇得用力推開玻璃窗。

方才還是灰色、鉛色，像刺著身體，令人疼痛的大海顏色不知不覺地消失，陰鬱天空下是一片令人作嘔，又濃又濁的褐色海洋，綻放著噁心的妖艷味，逐漸蔓延開來。而且看著看著，顏色逐漸變化，從最初的深褐色瞬間變成像是有毒的深紅色大海。

東屋突然以鏗鏘有力的聲音，這麼說：

「就是這個！這就是超厲害的紅潮。深谷就是害怕這個。各位應該聽聞過吧？昨晚的廣播新聞播報將會有大規模紅潮乘著黑潮洋流來襲，開始從九州北上，所以沿海漁場，尤其是養殖貝類的漁場將蒙受莫大損失。深谷就是聽到這新聞而害怕不已，因為他想到無數紅褐色浮游微生物可是養殖珍珠的大敵，所以深谷以從九州北上到這附近的黑潮洋流平均速度來計算，二十四小時，亦即以一天的速度為五十海里乃至八十海里來看，紅潮大概是今天下午來襲，深谷也才會說出那句『明天下午會來』，必須趕緊移殖那些珍珠才行。

於是，深谷準備好，帶著男僕，其實是共謀者早川悄悄駕艇離開。然後在不知第幾次的作業結束時，早川內心那可怕的野心燃起；而那可怕的作業場肯定是在鳥喰岬的對面，那處美麗、靜謐，猶如鏡子般的內灣。

這下子，深谷船長的秘密人工養殖場的茶蝶貝可說付之一炬。

東屋說完後，深吸一口菸。

我們也感慨萬千，望著有如血般的鳥喰岬之海。斑斑禿山上，有一群受驚的烏鴉在不時灑下的陽光中慌亂飛舞。啃食深谷一隻腳的傢伙就在山岬對面的那片海域吧。體型龐然的暗灰色鯊魚背鰭不時閃著刺眼光芒，翻濺出可怕浪花，不停疾馳。

靜止不動的鯨群

以為早已和北海丸一起葬身海底的丈夫安吉竟然平安歸來，他去了哪裡？又是怎麼度過這一年？為什麼他如此激動不安，還說要全家人一起逃命。

一

「只要射一鏢，就能賺三十圓哦！」

女人每次一喝醉，就會說這句話，開始和船員們聊起已逝丈夫的事。

她說丈夫名叫小森安吉，是捕鯨船北海丸的鏢槍手。的確如女人所言，她丈夫生前每射一鏢，就能得到優渥賞金。無奈約莫一年前，她丈夫隨著北海丸葬身海底，生死未卜。女人僅剩的一點積蓄很快便用罄，只好來港邊酒館謀生。

鏢槍手在捕鯨船上可是屬於高級船員，不同於一般船員雜工，豐厚報酬足以撐起家中生計，夫婦倆育有一子。不停叨絮的女人想起留在家中的孩子，似乎清醒些，默默嘆氣。

起初，她像在作夢般不願相信丈夫離世，但隨著半年、一年過去，總算接受事實，為了孩子打起精神工作。現在她趁著酒醉時，吐吐苦水、傾訴往事，算是一種情感寄託。

北海丸是一艘不到二百噸的挪威式捕鯨船，隸屬於規模不大的岩倉捕鯨公司。根據船舶局記載的資料，北海丸於十月七日沉沒，那天北太平洋一帶遭受當季首波暴風雨侵襲，追蹤隨著親潮北歸鯨群的北海丸，在靠近日本海溝北端，海水顏色呈現詭異灰色的海域遭巨浪吞噬。

最先接獲求救訊號的是距離北海丸二十海里，一樣是捕鯨船，也是隸屬同一家公司的姊妹號釧路丸。除了釧路丸之外，在附近航行的兩艘貨輪也接獲求救訊號。無奈濃霧籠罩的遇難海域潮流湍急，巨浪滔天，根本無法靠近。噸位小的北海丸旋即浸水、沉沒。海難救助協會的救難船趕抵現場時，已經不見北海丸蹤影，漂浮著炭灰與油污的海面只看得到率先趕抵的釧路丸也在滔天巨浪中載浮載沉。

根據求救訊號內容顯示，北海丸遇難的原因並非與其他船隻碰撞，也不是撞礁，而是因為船身浸水，急速傾斜，就這樣沉沒了。但北海丸也不算太老舊的船，為何遇上入秋後的暴風雨，竟如此迅速浸水？從當時發出的求救訊號內容，實在判讀不出箇中原因。救難船與釧路丸持續搜索，暴風雨過後又過了幾天，北海丸還是無消無息。

就這樣過了一年。

即將進入結冰期的根室港，正值漁獲季末的忙亂時期。

「只要射一鏢，就能賺三十圓哦！」

入夜後，氣溫驟降，已經點燃圓形小暖爐的酒館裡，女人今晚又開始絮叨。

「人類很脆弱……你說是吧？丸辰老爺……」

「都是鯨魚在作祟啦！」

這個叫丸辰的老船員是港口領航員，只見他睜著醉意滿滿的雙眼環視眾人，這麼說：「都是鯨魚在作祟啦！所以千萬不能襲擊幼鯨。」

「拜託！又是挪威人說的？」負責拖網工作，看起來像是船員的男人嘲諷道。

鯨魚作祟——關於北海丸沉沒一事，不只丸辰，在根室港工作的年長一輩之間都知道這個謠傳。自從日本捕鯨船僱用一挪威人當鏢槍手之後，就流傳這樣的傳說。

「襲擊幼鯨的捕鯨船一定會遭逢橫禍！」

信仰虔誠的外國人拒絕襲擊幼鯨群。就算沒有「鯨魚作祟」這謠傳，法律也明文禁止捕殺幼鯨，保護鯨魚免於絕種。好比政府為了防止濫捕成鯨，立法限制全國的捕鯨船不得超過三十艘；但為了提升捕鯨效率，還是有非法捕鯨船在監視船控管不到的海域偷偷捕殺幼鯨。

根室的岩倉公司有兩艘合法的捕鯨船，分別是北海丸與釧路丸。在海面濃霧散去的傍晚，從千島回來的漁船曾在沢捉島一帶海域發現被一群遭海豚啄食，漂浮海上的幼鯨屍體。以丸辰式的說法，北海丸就是因為襲擊幼鯨而遭逢橫禍，沒於茫茫大海。事發後一年，岩倉公司不懼損失，又打造一艘北海丸，繼續活躍海上。

每當鏢槍手的遺孀藉著醉意，又向客人絮叨往事時，丸辰老頭就會提及「鯨魚作祟」這傳言，這時幾乎皆為船員的酒客們總是一臉不以為然。

今晚又上演如此尷尬的時刻。

從海面吹來的濃霧將根室這城鎮染上冷冽的乳白色朦朧，酒館的玻璃窗浮現結霜般的水蒸氣，眾人圍坐在燒得通紅的火爐旁喝著彷彿能喚醒什麼的冰涼醇酒。

外頭微寒的風吹得電線咻咻作響，夾雜著夜晚捕魚船隻的馬達聲響，總覺得濃霧籠罩的夜晚分外陰森靜謐，眾人默默喝著悶酒。

然而，如此無趣的寂寥氛圍並未持續。

一切如此突然。只見帶著醉意，不停嘆息，環視眾人的遺孀幾乎要掀翻桌子似的猛然起身，酒杯器皿摔得一地都是；只見她面色蒼白，萬分恐懼地睜大雙眼直盯著店門口。

被霧氣濡濕的玻璃門外，映著幽靈般的身影——穿著防水材質外套，衣領豎起，頭上的防水帽壓得低低的男人身影緊貼著玻璃門，亂鬍橫生的面容，睜著憔悴大眼怯怯地瞅著店內。男人和猛然站起的女人眼神交會時，悄悄使了個眼色後，便消失在昏暗中。

他就是那個早已隨著北海丸葬身海底的小森安吉！

二

酒館裡的酒客們全都站起來。

「那不是你丈夫嗎？」完全清醒的丸辰這麼說。

年輕船員以顫抖的聲音說：

「你看錯人了吧？」

「我沒看錯！不管是以前還是現在，只要是出入根室的男人，我都認得。」丸辰起身，又說：「那個人的確是北海丸的安吉。」

「所以他還活著？」

「應該是獲救後，現在才回來吧。」

女人不發一語地奔向店門口，眾人也如雪崩般湧上去。女人用力推開門，率先衝出去，瞧見滿是濃霧的屋外有個男人身影從對面的街燈那裡拐過倉庫轉角，消失於防波堤方向。

「放手！別阻止我！」

女人甩開阻止她追上去的男人們，飛快往前衝。

拐過倉庫轉角，乳白色濃霧乘著海潮味迎面拂來。男人繼續往前走，拐了幾處轉角，來到碼頭附近的鮪魚倉庫旁。男人突然停下腳步，怯怯地環視四周，默默回頭看向追過來的女人。

他不是幽靈，而是如假包換的小森安吉。不曉得是被霧氣濡濕，還是被海浪濺濕，安吉渾身濕透。女人一個箭步上前，緊抱丈夫。

歷劫歸來的安吉彷彿變了個人，雖然相見僅僅幾分鐘，但女人直覺如此。

「我回來一事千萬別告訴任何人！」

女人勸丈夫先回家再說，只見安吉又不安地張望四周，說道：

「不行、不行！有人要追殺我！我不能回家！」

他輕摟妻子的肩膀，問道：

「阿時長很大了吧？」口氣明顯溫柔許多。

「到底……是誰要追殺你？」

安吉沒回應。

「讓我見見阿時！我好想念孩子。」這麼說的安吉又警戒地張望四周，「我真的不能回家，我就躲在這裡，妳能帶孩子過來嗎？然後我們一起逃走！」

說不出話來的女人只是怔怔望著丈夫。安吉又說：

「這是一樁非常可怕的陰謀，我現在看到海就怕得要死……不能再拖下去了！妳趕快回去收拾一下，帶阿時過來，我再慢慢跟妳說。」

以為早已和北海丸一起葬身海底的丈夫安吉竟然平安歸來，他去了哪裡？又是怎麼度過這一年？為什麼他如此激動不安，還說要全家人一起逃命。又驚又喜的女人難掩內心不安，原本已經徹底絕望的她卻陷入強烈的猶豫與動搖中。

然而，女人下定決心似的轉身離開，照丈夫所言，奔回位於市郊二樓的租房，半夢半醒似的背起還沒學步的孩子，向住在樓下，總是幫忙照顧兒子的婦人道別時，她才逐漸領會事態。

一直以來總是率性而活，不太顧家的安吉究竟遭遇什麼可怕的事？突然回來，又說要帶著妻小逃命，可見其中必有隱情。其實，從沉沒的船平安歸來這件事就是一大秘密。愈想愈覺得丈夫現在處境十分危險的女人趕緊收拾行囊，趕赴一片霧茫茫的碼頭。

匆匆趕路的女人對於安吉身上的秘密愈來愈狐疑，也愈來愈不安；她想起安吉那句「這是一樁非常可怕的陰謀」，又想起丸辰說的「鯨魚作祟」，直覺丈夫遭受生命威脅。

果然她的不安應驗了。就在這時，倉庫旁的窄巷正上演一齣無法挽回的慘劇。

女人刻意不從酒館門前經過，而是沿著窄巷回到剛剛與丈夫碰面的地點，冷不防瞧見昏暗街燈下，有如壁虎般貼在倉庫木板牆上渾身是血的安吉。遭人以捕鯨用的鏢槍，活像被蟲針固定在標本箱裡的飛蛾般釘在木板牆上。女人走近時，安吉拚命擠出斷氣前的最後一句話：

「釧、釧、釧路丸的……」

痛苦呻吟的他舉起滿是鮮血的右手，在木板上寫下發著黑光的血字。

——船長。

就這樣嚥下最後一口氣。

三

根室水上警察局員警趕抵慘劇現場，驅散圍觀人群，已是三十分鐘後的事。倉庫旁邊的昏暗命案現場留有激烈的打鬥痕跡，不難想像安吉被釘於木板牆之前經歷一番苦鬥，渾身有多處遭鏢槍刺傷的傷口。兇手從身後對著身負重傷，踉蹌退後的安吉補上致命一擊後迅速逃離。

屍體從木板牆卸下後，立即交由法醫驗屍，但身上沒帶任何東西的他究竟去過哪裡？找不到一絲解開恐怖秘密的線索。

這下子真的成了寡婦的女人、丸辰老頭、還有在酒館門口親眼目睹安吉現身的船員們全都接受偵訊。丸辰滔滔不絕說著自己看到的情形後，對於不清楚的部分又搬出「鯨魚作祟」這說詞搪塞，結果其他人也有樣學樣陳述自己的臆測，對突破案情一事毫無助益。

面對一連串沉重打擊的安吉之妻著實慌得不知所措，只見她重複說著丈夫臨終前的模樣，直到心情稍稍平復後，才能好好說出歷劫歸來的丈夫似乎畏懼有人要害他，還要她趕快回家收拾行囊、帶著兒子，一家三口趕緊逃命。

在濃霧籠罩的昏暗中，警方迅速在根室市區、港口一帶佈下警網。

安吉瀕死前說的「釧路丸」，是同樣隸屬岩倉公司的姊妹船，就是去年秋天北海丸沉沒時，率先趕赴救援的捕鯨船，不是嗎？這艘船的船長卻是殺害安吉的兇手，警方立即進行嚴密搜查。

於是，從船員仲介所最先傳來消息。恰巧是慘劇發生後不久，有位身穿灰色大衣，看起來像是船長等級人物的男子走進仲介所，表示要招募鏢槍手。因為已是下班時間，只好直接帶他前往船員宿舍物色人選。男子顯得侷促不安，而且刻意掩面。當時在玄關偷聽簽約內容的一位船員確實聽到從男子口中迸出「釧路丸」這三個字。

停靠在碼頭的接駁船家全被叫醒，逐一接受嚴密偵訊。不知這名物色新鏢槍手的男子究竟還流連岸上，還是搭自家接駁船離開；總之，遍尋不著有這麼一號人物；不過多虧這次調查，得到一個新消息。

一艘入夜後返回千島的拖網漁船，遇到於起大霧的海域中下錨，船身隨浪起伏，這艘船就是「釧路丸」。

根據上述情資報告顯示，殺死小森安吉的釧路丸船長從船員宿舍物色到一名鏢槍手後，立刻搭上自家接駁船返回泊港的釧路丸。

海警局的快艇突破濃霧前行，只留下刺耳的引擎聲，消失於黑暗大海。

但不知為何，十分鐘後遠處又響起刺耳引擎聲，震顫著凝滯氛圍。正當眾人心想現在是何狀況時，探照燈照向右手側海面，劃了個大圓弧之後又消失；不一會兒，探照燈又照向左側，想說應該是準備返港吧。沒想到又朝前駛去……。

釧路丸早已啟航。

四

「我說美代啊，妳振作點！」

翌日下午，丸辰老頭來到連在夜裡看來都很死氣沉沉的酒館。笑著對坐在店裡一隅，睜著因為睡眠不足而滿佈血絲的雙眼，正袒胸哺乳的安吉之妻，說道：

「死心吧。就當作自己做了一場惡夢。」

安達的妻子沒答腔。丸辰老頭將手肘拄在吧臺上，對正和女人聊得熱絡的酒館老闆說道：

「你看到海警署昨夜亂成一團的景況嗎？只會在海上瞎繞，看了真叫人火大。不過啊，看來這件事比想像中還嚴重啊！」

「目前情況如何？」老闆探頭問。

丸辰拉了那把他常坐的老舊椅子，邊坐下邊說：

「釧路丸逃走囉。只好打電報通知各地的監視船一旦發現，立刻攔下。」

「是喔。意思是，海警署把這件事交給水產局的監視船負責？」老闆撫著下巴鬍，說道。

「嗯，大概吧。問題是大海茫茫，所以到現在還沒消沒息。警方找上岩倉事務所，值班的小伙子睡熟了。完全不曉得出了啥事。署長只好親自出馬，前往岩倉董事長家。事情到此還算順利，可是啊，岩倉先生可能知道事務所搞出大紕漏，拖稱頭疼，企圖來個避不見面，結果還是被逼得必須出來面對囉。聽完署長的說明後，神情微妙的他回稱：『安吉那傢伙搞錯了吧。釧路丸現在根本不在根室附近啊！』」

「是喔。原來如此。岩倉那傢伙可是難纏得很啊！他說釧路丸是開去哪裡捕魚啊？」

「這個嘛……好像是開往朝鮮海域的爵陵島基地一帶吧。那裡可是長鬚鯨的大本營。」

「是喔？爵陵島位在完全不同的方向呢！」

「反正就是這樣囉。」丸辰伸手抹去飛濺的口沫，又說：「我想署長那時也很懷疑岩倉的說詞吧。但也不好當場揭穿就是了。還是馬上聯絡爵陵島那邊，查證岩倉說詞是真是假，也好掌握證據。不久便收到對方回覆，確實如岩倉所言，釧路丸約一個月前便到那一帶捕鯨，但現在已經開走了。大概是三天前出航，到現在還沒回來。聽明白了嗎？也就是命案發生的兩天前，釧路丸離開基地出航捕鯨。既然要捕鯨，當然是出航到一望無際的大海啦！但不曉得是去哪個海域捕鯨就是了。也沒人親眼目睹，也就無法證明岩倉所言為真。」

「事情還真是愈來愈詭異啊！」

「嗯，不只如此。問題在於釧路丸在命案發生那晚來到濃霧籠罩的根室港，而且是悄悄停泊於此，這樣不是很怪嗎？加上岩倉被問到關於釧路丸的事時，臉色驟變，一副欲言又止樣，讓警方更加懷疑岩倉的說詞只是想極力隱瞞釧路丸偷偷回來一事。」

「這是當然囉。」這麼說的老闆挺直腰桿，雙手交臂。「難怪警方對岩倉抱持高度懷疑，看來這件事勢必會鬧大，其中必有隱情……」

「沒錯！絕對有什麼不可告人之事。我覺得北海丸沉沒時，生還的鏢槍手安吉是怎麼上了釧路丸獲救就是一大謎點，雖然沒人親眼看到安吉是否上了釧路丸，但就昨晚釧路丸的船長殺害安吉後，就急著找人代替他，合理推斷安吉在這之前應該一直待在釧路丸。」

「等等……」酒館老闆搖頭。「北海丸沉沒時，第一個趕到的是釧路丸……所以說，安吉有可能是被釧路丸救起，不是嗎？」
這時，一直怔怔聽著兩人交談的安吉之妻倏然抬頭，說道：
「如果真是這樣，為什麼安吉獲救時，不是馬上開心回家呢？」
「嗯，就是說啊！」丸辰的口氣頗興奮。「既然獲救卻沒回家，表示其中必有隱情。或許不是不想回家……而是想回卻回不來？」
「該不會是遭監禁吧……」老闆臉色驟變。「喂、阿辰。北海丸為什麼會沉沒啊？」
「咦？幹嘛突然這麼問？」丸辰蹙眉，思索片刻。「難不成……你覺得是釧路丸故意將北海丸……不對，這麼想太可怕了……肯定是鯨魚作祟……」這麼說的丸辰突然噤聲。
店門開啟，兩名年輕船員走進來。只見他們落座後，拄著下巴。安吉之妻不太耐煩似的起身，走進吧臺後面的房間，老闆只好親自端酒給客人。
「不過啊，丸辰。你怎麼那麼清楚警方那邊的情況啊？」坐回原位的老闆好奇地問。

只見丸辰像是憶起什麼似的，挺胸回道：

「這個嘛……好啦！我老實招了。今晚我也要上監視船，加入搜索釧路丸的團隊。」

「你說什麼？你要加入搜索團隊……」

「是啊！他們找我幫忙。」丸辰一臉得意。「其實剛才警方來找我，我們一起去見一位姓東屋的人。那個人是某水產試驗所所長，來根室視察鱈魚漁場時，恰巧聽說這樁案子，主動表示願意協助搜索，所以今晚我們要搭上從鄂霍次克海那邊過來的監視船。因為對方希望找個熟知每位船員容貌、背景的人，所以警方便找上我。」

「哇！你這下子不就出名啦！」

「嗯。不過啊，就算找到釧路丸，那個叫東屋的人能否查明究竟是不是鯨魚作崇還是個問題吧。我既然有幸參與，當然得發揮一下本領才行……。對了，我也該準備上船了。老闆，快拿酒來！」

丸辰的呼吸突然急促起來。

五

北太平洋的晨霧在似陰似晴的天空下，將無垠的灰色海面染上虹霞，飄來淡淡海潮味。

昨夜從根室出發的監視船「隼丸」迎風破浪，在海上飛馳前行。包括東屋在內，船長、根室的海警署，以及丸辰老頭，眾人站在甲板的最高處眺望遠處海域，數名全副武裝的員警則是在中甲板的船艙待命。

真的能在茫茫大海中，找到釧路丸嗎？果然一如預料，隼丸一整個上午只是戰戰兢兢地任憑時光流逝。

不過一到下午，發現船舷前方有段距離的海面上不斷噴出美麗七彩水柱的鯨群。只見東屋那原本不知如何是好的態度幡然一變，指示隼丸朝一定航道前行。

「這發現實在太棒了。遠遠跟著鯨群，別跟丟了。」

東屋又指示：

「立刻拍個電報，電文這麼寫——通知捕鯨船，東經一五二，北緯四五附近海域發現朝北北東移動的大規模鯨群，可能也沒麼大……」東屋笑著說。

「對了，發電報者請寫『貨輪択捉丸』。」

「択捉丸？用這名字真的沒問題嗎？」船長苦笑。

「這種情況下，扯謊比較方便吧。既然釧路丸船長要僱用新鏢槍手，一聽到鯨魚群現身，絕對不會無動於衷！」

不久，監視船放慢航速，以遠處成排的水柱為目標，悄悄跟著若隱若現的鯨群。船行雖慢，船上的緊繃氛圍卻加深。

東屋拿著望遠鏡，眺望水平線那端，望了一會兒的他問署長：

「昨晚問過您，釧路丸的最高航速是十二節，沒錯吧？」

「沒錯。」署長篤定回應。

「從爵陵島到根室，以最短距離來算的話，有八百海里嗎？」

「這個嘛，應該再遠一點吧。可能有八百五、六十海里吧。不過那只是所謂的最短距離，實際航行的話，只會比這距離更長，不會更短。」

「哦？是喔。」東屋再次拿起望遠鏡眺望。

陽光從雲層細縫灑落，清晰可見成排水柱，看來應該是一群攜子北返的抹香鯨。監視船以輕快節奏靜靜前行。

就這麼過了一個鐘頭，雷達畫面出現動靜。起初是右舷前方出現疑似船身的小小黑影，然後黑影愈來愈大，是艘捕鯨船沒錯，應該是發現鯨群吧。只見船首朝水柱方向奮力前行。

「盡量放慢船速，別讓對方發現。」

隼丸的航速慢到幾乎靜止不動。眾人無不屏氣凝神，拿著望遠鏡眺望。捕鯨船逐漸接近鯨群，船首立刻冒出白煙，一頭大抹香鯨瞬間躍起，尾鰭扭擺，激起漫天水花；眾人卻苦笑地放下望遠鏡，因為那艘船並非釧路丸。

「看來撲了個空啊！不過，那艘船剛剛那樣難道不違法嗎？」

「繼續看吧。肯定觸法囉！」

只見捕鯨船的兩側綁著好幾個像是裝了很多漁貨的浮袋，就這麼悠然離去。鯨群再次浮現往前游，隼丸緊隨其後。

又過了一小時，遲遲沒有出現第二艘捕鯨船。東屋的眉宇間突然掠過一絲不安——倘若釧路丸遲遲未出現……眼看就要入夜了。也不可能繼續盯著鯨群，那不就白費功夫嗎？東屋開始焦慮不已。

還好三十分鐘後，東屋的不安被徹底抹消。左舷斜前方總算出現岩倉公司特有的灰色捕鯨船。起初沒察覺，待船長發現時，那艘船有如鯊魚般急速迫近鯨群。

隼丸趕緊降速。幸好那艘船只顧著獵捕，沒注意到隼丸的存在。逐漸靠近那艘船時，清楚瞧見船上的黑煙囪有個〇記號，船身映著被海浪濡濕的三個黑色大字「釧路丸」。

轟隆隆……釧路丸的船首鏢槍砲揚起白煙。東屋下令隼丸全速往前衝。

「啊！」船長怔住。「那傢伙居然攻擊幼鯨！」

「搞不好是慣犯吧。」東屋說道。

釧路丸響起刺耳機械聲，繫著鏢槍的粗繩拉扯著，一頭幼鯨浮出海面。就在這時，釧路丸瞭望臺上負責監控周遭情形的男子猛力揮手，不知在呼喊什麼，看來應該是發現隼丸正逐漸迫近。只見釧路丸的船身開始左迴，準備逃離。

以時速十六節的航速往前衝的隼丸前桅杆升起寫著「停船命令」的信號旗，釧路丸這下子不得不束手就擒。

湊近一瞧，鯨群規模比想像中來得大，牠們並未逃走，只是不停地在原處打轉。隼丸靠著乖乖停船就逮的釧路丸，東屋、署長、丸辰一馬當先上了釧路丸，其他員警魚貫跟隨在後。釧路丸的船員們察覺若是緝察違法情事，這般陣仗未免有些誇張，遂開始騷動不安。大批警力立刻將船上一干人等團團包圍。

東屋跟著署長、丸辰登上船橋，撞見有個應該是舵手的男子正欲逃走。

「叫船長出來！」東屋大喊。

「不知道！」

男子猛搖頭，隨即跳到甲板，與警方搏鬥。

東屋拉著看得出神的丸辰，開始搜尋船長行蹤。

船長室與無線電室都沒發現人，東屋步下船橋，衝進後甲板的高級船員室，還是沒有，食堂也沒發現蹤影——這下子，只剩船首的船員室。

東屋帶著署長、丸辰，步下前甲板的安全梯，來到裡頭一片昏暗的船員室門前。屏息靜聽，果然聽到呼吸聲。東屋立刻推開門，隨著喀嚓一聲，屋裡的男子撞到燈，偌大人影踉蹌往後退。瞬間，只見船長靠在劇烈搖晃的吊燈對面牆上，雙眼圓瞠，咬牙切齒，右手握著的大鏢槍刺向我們。丸辰驚吼，一把抱住東屋，飛來的鏢槍掠過他們頭頂上方，刺入後方牆壁。署長手上的槍迸發閃光，隨即傳來上銬聲。丸辰顫聲大吼：

「他、他是應該已經死去的北海丸船長！」

丸辰嚥了嚥口水，喘氣說道：

「不、不只如此……我剛剛就覺得奇怪，那個舵手，還有在甲板上被包圍的船員們，他們全都是應該死去的北海丸成員！」

「你、你說什麼？」隨後衝進來的隼丸船長面色蒼白地驚呼。「怎麼可能！那、如果是真的話，釧路丸的那些船員呢？」

這時，一直默默不語的東屋回頭說道：

「釧路丸在日本海。」

「啊？」隼丸號船長怔住。

「也難怪你會這麼驚訝。」東屋突然一臉歉意地搖頭，說道：「我跟大家說明一下吧。其實事情很簡單。你不是說釧路丸的最高航速是十二節嗎？問題就出在這裡。你們想想。爵陵島警方通報最高航速十二節的釧路丸於命案發生的兩天前離開該島出航作業，是吧？爵陵島從根室最短距離也有八百五十海里，這麼一算，即便釧路丸以最高航速疾駛，呃……大概也要花上七十個小時，也就是整整三天的時間。這樣明白了吧？換句話說，那晚停靠根室，犯案殺人的船絕對不是釧路丸。」

隼丸號的船長面如白紙，氣喘吁吁地問：

「那、這艘船到底是怎麼回事？」

「這艘船是去年秋天應該在日本海溝附近沉沒的北海丸。」

「……」

眾人怔住。東屋一邊登上安全梯，說道：

「這絕對是捕鯨史上迄今為止最重大的事件……其實早在丸辰先生確認那名男子的身分之前，我只有八成的把握。對了，船長，法令限制捕鯨船的數量為三十艘，對吧？依我的研判，岩倉公司的老闆偷偷將自家捕鯨船變成三艘。也就是說，他和公司幹部共謀，籌劃讓北海丸於一年前假裝沉沒。刮著暴風雨的那天晚上，他們偷偷改掉船身的船名，然後偽裝成釧路丸的北海丸將油和炭灰倒入海中，發出求救訊號，再假裝和最先趕來的海上救難協會的救援船一起搜尋根本不存在的沉沒船……於是三天後依舊無消無息，船務局便將北海丸登記為沉船。我猜想新的北海丸應該是用前一艘北海丸的保險理賠金建造的……總之，岩倉公司表面上只有合法的兩艘捕鯨船，其實暗地裡擁有三艘，其中一艘還能逃稅，收益當然提升不少囉。

因為這艘釧路丸是冒牌貨，所以唯恐船員們洩密，即便航行至根室港附近，也不許他們上岸。船員們都是一些莽夫，只要有錢，就算不回家也無所謂，也許給他們很大的利誘吧。好比捕到一頭鯨，給個一千圓之類的。問題是，單身的船員無所謂，但像是有家室的鏢槍手小森就忍受不了啦！恐怕其他船員的心情也和他一樣吧。時間一久，萌生鄉愁，船長卻嚴令不准回家與家人團聚，但情感是壓抑不了的，於是小森藉著捕鯨船航行到根室附近的機會，企圖脫逃……」

「嗯……」隼丸船長開口。「原來如此。那位船長察覺小森有異，才會發生這起慘劇啊！總算明白了。您真是明察秋毫啊！」

船長站在甲板上，再次環顧四周。

一大群鯨魚仍舊在海面上繞著船迴游，多麼不可思議的光景。捕鯨船的船首已經備好準備射向鯨群的第二發鏢槍。狡猾的船長為了能夠輕鬆獵捕鯨群，一直以來都是命令安吉非法獵殺幼鯨。

因為只要幼鯨被殺，母鯨就不會離開，就像一年前的安吉絕對不會棄自己的兒子不顧。

作者簡介

大阪圭吉（おおさかけいきち，一九一二—一九四五）

日本推理小說家。愛知縣出生，本名鈴木福太郎。日本大學商業學校畢業後立志以推理作家為業，師事甲賀三郎，因崇拜推理作家江戶川亂步，取筆名「大阪」與「江戶」相呼應。一九三二年發表〈食人風呂〉於雜誌《日之初》獲得佳作，同年於《新青年》發表〈百貨公司的絞刑官〉，正式以推理小說家出道。

一九三四年開始，以幽默而哀婉、又極具渲染力的解謎過程為其獨特風格大量發表短篇作品，堪稱日本推理史上短篇本格推理代表作之一的〈葬禮機關車頭〉便是創作於這個時期。一九三六年出版處女小說集《死亡快走車》單行本，在出版紀念會上，江戶川亂步、大下宇陀兒、甲賀三郎等知名推理作家皆列席其中，確立大阪圭吉於文壇的地位，同年七月開始於《新青年》連續六個月發表短篇作品，迎來創作生涯的高峰期。隨著二次世界大戰的戰情越發激烈，大阪圭吉於一九四三年受徵召前往滿洲、菲律賓等地從軍，一九四五年因瘧疾死於菲律賓呂宋島。

HINT 3

瘋狂機關車

有如日本的福爾摩斯探案，大阪圭吉的本格推理偵探短篇集

作　　者　大阪圭吉
譯　　者　楊明綺
策　　劃　好室書品
特約編輯　陳靜惠、盧琳
封面設計　劉旻旻
內頁美編　林榆婷

發 行 人　程顯灝
總 編 輯　盧美娜
發 行 部　侯莉莉、陳美齡
行 銷 部　伍文海、陳婷婷
財 務 部　許麗娟
印　　務　許丁財
法律顧問　樸泰國際法律事務所許家華律師

藝文空間　三友藝文複合空間
地　　址　台北市大安區安和路二段二一三號九樓
電　　話　（02）2377-1163

出 版 者　四塊玉文創有限公司
總 代 理　三友圖書有限公司
地　　址　台北市安和路二段二一三號四樓
電　　話　（02）2377-4155
傳　　真　（02）2377-4355
E-mail　service@sanyau.com.tw
郵政劃撥　05844889 三友圖書有限公司

總 經 銷　大和書報圖書股份有限公司
地　　址　新北市新莊區五工五路二號
電　　話　（02）8990-2588
傳　　真　（02）2299-7900

製版印刷　卡樂彩色製版印刷有限公司

初　　版　二〇二一年十月
定　　價　新臺幣三五〇元
I S B N　978-986-5510-91-6(平裝)

國家圖書館出版品預行編目（CIP）資料

瘋狂機關車：有如日本的福爾摩斯探案，大阪圭吉的本格推理偵探短篇集／大阪圭吉作；楊明綺譯．-- 初版．-- 臺北市：四塊玉文創有限公司，2021.10

面；　公分．--（HINT，3）

ISBN 978-986-5510-91-6(平裝)

861.57　　110015641

HINT

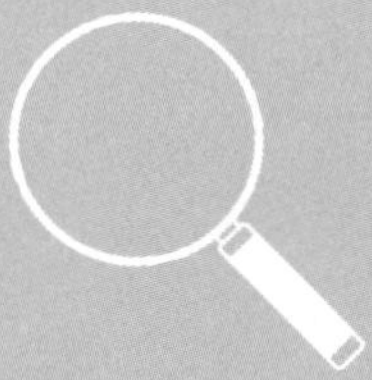

HINT